Peter Fischer, *Nordic Talking*

© Peter Fischer

Umschlagbild: Posada, De Don Quixote...la Gigante Calavera.

Umschlag, Satz und Lektorat: Pescador

Verlag: tredition GmbH, Hamburg
Printed in Germany
ISBN: 978-3-8495-3804-0

Bibliografische Information der Deutschen Nationalbibliothek: Die deutsche Nationalbibliothek verzeichnet diese Publikation in der Deutschen Nationalbibliographie; detaillierte bibliografische Daten sind im Internet über http://dnb.d-nb.de abrufbar

Peter Fischer

Nordic Talking

Eine Novelle

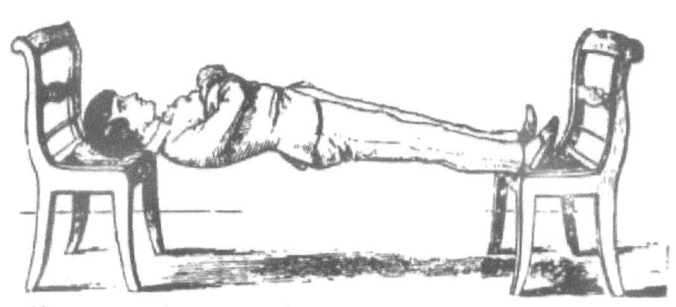

Und manchmal ein Stern weit in der Ferne herunterfiel.
Eichendorff, Aus dem Leben eines Taugenichts.

Et néanmoins, sans la mémoire, que serions-nous?
Chateaubriand, Mémoires d´outre-tombe II,1.

Fullones ululamque cano non arma virumque.
Pompejanisches Graffito, 954.

Es hat das Mittelländische Meer gegeben;
vor unvordenklichen Zeiten; aber es gibt es immer noch.
Benn, Ithaka.

On ne peut pas téléphoner à personne…
Jean Renoir, Orvet.

Sie fühlte ihr den Puls und zog die Decke zurecht.
Hans Erich Nossack, Das kennt man.

© Peter Fischer 2013
Imprimerie Pescador, Vieux Brisach

1.

Am Kiosk hatte Holubek versucht, einen schnellen Imbiß sich einzuverleiben. Er kam damit nicht weit. Kaum die Hälfte eines kleinen Sandwich-Brotes, das sich geschmacklos anfühlte, aufgeschnitten war, und mit ebenso geschmacklosen, nach Zwiebel, Salat und Pflanzerln aussehenden Inhaltsstoffen angefüllt war - wir hier verkaufen nur biologisch, verkündete mit Nachdruck der Werbespruch über der Imbiß-Bude-, wie auch mit einem flotten Industrie-Dressing begossen, hatte er in sich einlassen können, als mit letzter Verzweiflung sein Alarmsystem jede weitere Verunreinigung seines Innenlebens verweigerte, da sein Magen mit drohendem Ausspeien dessen reagierte, was umstehende Imbißnehmer klaglos verzehrten; und damit jede weitere Bekämpfung seines Hungers sehr unmöglich gemacht worden war.

Insofern kam er ins Grübeln. Darüber hinaus beschäftigte ihn die Frage, wie er denn überhaupt zu diesem Kiosk gekommen war, und was die weiteren Pläne für diesen Tag sein mochten. Er warf den Rest des Imbisses in den Papierkorb, wofür ihm der Dank des Vaterlandes gewiß war. Die anderen Imbißnehmer aber blickten ihn entsetzt an, der Wirt der Bude zauberte einen Ausdruck auf sein vom Öldampf der Bude aufgeweichtes Gesicht, der zwischen Verachtung und Drohung oszillierte, wie ein Apparat, der danach giert, festzustellen, welche Materialfehler demnächst auf der Tagesordnung stehen könnten.

Als ihm die versammelten Imbißnehmer, ohne weitere Überlegung, den Rücken zugekehrt hatten, fiel Holubek eben ein, warum er heute, wie an manch anderen Tagen, umherirrte, ohne Frühstück, und ohne jede andere Stärkung für ein besseres, gefälliges Leben. Fluchtartig hatte er das Haus verlassen, vielmehr die winzige Wohnung, in welcher durch Umstände, die in den weiteren Verläufen klar werden, er sich befand–nur Geduld!, mein lieber Leser, es kommt alles an den Tag; am Ende auch das Es, das diese Geschichte, die sich eben vor dir zu entfalten beginnt, umtreibt, und den Kerl von einer Bredouille in die andere bringt.

Holubek, also, hatte seine Winzlingswohnung verlassen, fluchtartig, in Panik, könnte man fast sagen, weil der Nachbar rechts mittels seiner Super-Stereoanlage seit früher Morgenzeit schon deutsche Marschmusik (sicher hielt er das für Musik) gegen die Umwelt donnern ließ, als hoffe er, noch einen Krieg zu gewinnen. Der andere Nachbar, auf der entgegengesetzten Seite, örtlich gesehen, ließ mit Hilfe seiner Soundmaschine eine nicht unähnliche Popularmusik auf die Welt los, mit dem Unterschied, daß der Akzent mehr auf dem zweiten Takt lag, was natürlich alles änderte, und die Hoffnung auf eine bessere Zukunft aufscheinen ließ.

Damit nicht genug, wie man meinen sollte. In der Wohnung über ihm wurde Gottesdienst abgehalten, zu Ehren der Hl. Mutter mit den sieben Kindern, die sie in aller Unschuld dem Staate geschenkt hatte. Holubek wußte um diese Umstände, denn sie waren ihm, eben von der JM selber, der Jungfräulichen Mutter, wann immer das Unglück beschlossen hatte, daß er ihr im Treppenhaus begegne, vertraulich mitgeteilt worden. Jeden Morgen versammelten sich Gläubige bei der JM, um ihren heiligmäßigen Zustand im Gebet zu würdigen, und Gott für seine Wohltaten zu danken.

Von dieser Gemeinschaft ging natürlich kein Lärm aus, nur Frömmigkeit, die es auf irgend eine Weise schaffte, durch die Decke sich zu schleichen, und, an den Wänden entlang, in Holubeks Behausung, Schlieren bildend, einzudringen. Das geschah, dem Gottesdienst entsprechend, völlig ohne Geräusch, mit eindringlicher Frömmigkeit, schlimmer als Pest und Cholera. Und damit nicht genug. Unterhalb von Holubeks Wohnung, über die ganze Breite des Hauses, befand sich ein Büro der führenden Partei des Landes (im Augenblick nannte sie sich VVP, die Vorwärts-Volks-Partei, hatte aber auch schon CNP geheißen, Christliche Natur-Partei, und früher auch mal anders), in welchem Tag und Nacht Volksangehörige geschult wurden, darunter besonders viele junge Leute, die lautstark bestätigten, was man ihnen vorsetzte. Nach jedem eingedroschenen Satz erfolgten Rufe wie „Hurrah! So ist es!" oder „Ja! Wir folgen" oder „Es wird uns allen besser gehen!"

So wurde Holubek in seiner Bleibe von allen Seiten mit Musiken eingedeckt, die auf das selbe hinausliefen, den Musikbegeisterten eine bessere Zukunft zu verschaffen, und dies alle Welt, den Rest der Welt, die mit Hoffnungslosigkeit angefüllt war, wissen zu lassen, gewiß in der Absicht, sie aufzufordern, es ihnen gleich zutun; mit Nachdruck, wie sich denken läßt, und Holubek es hören mußte, sobald er in diese Bleibe eingezogen war. Dieser jedoch, wie du es dir denken kannst, desocupado lector, war nicht geneigt, auf das zu hören, was ihm in die Ohren geschissen wurde (die Damen, oh, mögen den Ausdruck verzeihen; oder auch nicht), und das hatte ganz unmittelbar praktische Folgen.

Als Holubek—er hatte in diesem Jahr schon mehrmals den Standort gewechselt, wechseln müssen, auch das läßt sich denken, lieber Leser (die Damen sollten sich damit nicht beschäftigen, denn es berührt ihre Interes-

7

sen nicht)–vor ca. drei Wochen hier eingezogen war, gelang es ihm nicht, die neue Situation richtig einzuschätzen, denn für ein paar Tage hatten alle seine neuen Nachbarn vorübergehend ihre Tagesläufe eingestellt, waren auf Kur oder Pilgerschaft gewesen. Neuerdings wird wieder viel gepilgert, zunehmend von Nichtgläubigen, die eine Abwechslung auf der Suche nach dem Sinn nötig haben, und sich nicht mit dem Gedanken beschäftigen, daß der Sinne abhaut, wenn sich jemand an seine Fersen heftet. Das erschafft eine fließende Dynamik, sowie die entsprechende trügerische Ruhe, die zum Gefechtslärm gehört wie das Amen in der Kirche. Und eben auf diese trügerische Ruhe war Holubek hereingefallen. Er trug immer noch in seinem ruinierten Herzen und abgebrühten Kopf ein Fünkchen Hoffnung mit sich herum, dahingehend, es würde, selbst für ihn, hierzulande, in diesem unserem Lande, ein Plätzchen geben, wo er Tisch und Stuhl hinstellen, und seine Matratze in die Ecke legen könne, um, ohne seine Nachbarn zu stören, einige Tage unbeschadet weiterhin zu verbringen, weiterzuleben, sei`s mit Ach und Krach oder Übeln und Grübeln. Aber schon bald waren die Pilger wieder an ihrem alten Platz, die Parteilehrlinge und Betschwestern, und nahmen ihre gewohnte Tätigkeit wieder auf. Bei Gott dem Allmächtigen, wer konnte es ihnen verdenken. Sie hatten nichts besseres zu tun, nichts anderes gehört und gesehen, keine Ahnung mit vollen Zügen je in ihre Lungen eingesogen, die anders roch als das Örtchen, an dem sie zur Welt und zum Leben gekommen waren. Es verlangt der Anstand, nicht nur die Toten auf dem Schlachtfeld, sondern auch die Lebenden in ihren Wohnungen zu ehren. Allein, es wollte Holubek, diesem verkrachten Träumer, nicht gelingen, dort Wohnung zu nehmen, wo der Lärm des Lebens die schlechte Luft aus dem Boden stampfte, und schon die Winzlinge im Mutterleib auf die richtige Bahn brachten. So hat es Gott gewollt, und so war es richtig, und so wäre es mehr als ungerecht, den Leuten, die auf ihren Lebensbahnen wandelten, einen Vorwurf daraus zu machen, daß sie taten, was sie geheißen wurden, und auch Holubek hatte sich nie dazu hinreißen lassen, den Lauf der Dinge und die Ordnung der Natur zu tadeln, oder gar empört herumzulaufen, um bessere Welten zu predigen, nein, nein, er hatte nicht damit gerechnet, daß die Leute, die nach dem Willen der Natur lebten, von ihm, wie selbstverständlich, erhofften, er würde nichts anderes als sie selber tun, den gleichen Felsbrocken den Berg hinaufrollen, wie sie selber, in freier Entscheidung, und mit einem Lied auf den Lippen. Und nun konnte man sehen, daß Holubek kein schlechter Mensch war, sich einen Ruck gab, und an einem schönen Frühlingstag sich unter die anderen Naturkinder einreihte, und sich daran machte, einen Stein, der ihm durch Los zugeteilt worden war, auf den Berg, der sich zu diesem Zwecke vor den Toren der Stadt befand, hinaufzurollen, vielmehr, unter Aufbietung all seiner Kräfte, den Stein zu schieben und zu stemmen. So weit, so gut. Allerdings erwies es sich sogleich, daß es sich weder um einen Stein, noch um einen Felsbrocken oder Meteor handelte, sondern um ein gewöhnliches Stück Dreck, das aus nichts als Exkrementen bestand, und-vielleicht hatte Gottvater in diesem Punkte Gnade walten lassen-dick paniert war wie ein Kotelett, das in Ausflugslokalen zu günstigem Preis aufgetischt wird. Im ersten Augenblick konnte die Panade davon ablenken, welchen Inhalts der Brocken war, denn sie bestand aus Gräsern, Blättern und Moosen, Holubek allerdings war so leicht nicht zu täuschen, denn er hatte eine gute Nase, und früh schon in den Sagen des klassischen Altertums gelesen, daß Prometheus von seinem Gott nicht dazu verurteilt worden war, ein Stück Dreck durch die Welt zu schieben, dorthin, wo, zweifellos, bereits Generationen von Naturkindern ihre Pflichtexemplare abgeliefert hatten, und den Sinn ihres Lebens um ein schönes Stück vermehrt.

So stand Holubek am Kiosk, und überlegte, wie er sein Wohnungsproblem würde lösen können.

Auch das wurde ihm nicht leicht gemacht. Dabei waren es nicht einmal die freudlosen Blicke, die immer noch auf ihn herabrieselten. Das kannte er. Es war auch nicht der Gestank des längst überfälligen Fritieröls. Es war die Frage, wie diese Imbißnehmer es schafften, den Tag zu überleben, nachdem sie diesen mit dem Hinunterwürgen von Speisen eingeläutet hatten, die kein Hungernder in den Slums von Bombay zu sich nehmen würde. Er war fassungslos, und das war nicht gut für ihn.

2.

Holubek glaubte zu wissen-ach, was wußte er nicht alles-, es habe ihn an diesen Kiosk verschlagen, weil damit Hoffnung bestünde, ein Bahnhof könne ipso facto auch nicht weit sein, ein solcher, der bessere Dienstleistung bieten würde als das Institut im Frittendunst. Bahnhöfe waren für Holubek noch immer die letzte Rettung gewesen, obwohl diese in letzter Zeit als Glücksbringer manchen Glanz verloren hatten. In einer anderen Stadt ist alles anders, versprachen die Bahnhöfe, und wenn man dort ankam, stellte sich heraus, daß sich wohl der Gestank in Kneipen und Kirchen geändert hatte, nicht aber die Anima der guten Leute, die für bessere Luft in einer besseren Gegend hätten sorgen können, oder sollen, oder müssen, wie auch immer, es lief alles auf das nämliche übelriechende Ergebnis hinaus, das obendrein noch mit dem anderer Städte meinte konkurrieren zu müssen. So hätte Holubek eigentlich gewarnt sein müssen, durch sich selbst, und die Erfahrungen, die er in den letzten Jahren mit seinen Umzügen gemacht hatte. Aber nein, er wollte den Glauben an das Gute im Menschen nicht aufgeben, selbst auf die Gefahr hin, eines Tages vom guten Willen derselben, und den Ausdünstungen, die sie ihrer Güte verdankten, platt gewalzt zu werden, und-das kam dann noch erschwerend hinzu-obwohl er das als gewiefter Waffentechniker wohl wußte, daß ein Lächeln, eine gut gemeinte Geste, das helle Lachen der Kinder praktisch die gleiche Wirkung haben konnten wie ein Sherman-Panzer; im wirklichen Leben.

Um keine Mißverständnisse aufkommen zu lassen, lieber Leser, muß gesagt werden, daß Holubek, entgegen allem Anschein, sich nicht auf der Flucht befand. Wir können ihn lediglich dabei beobachten, wie er-zum wiederholten Male, das sei zugegeben-daran herumdokterte, unauffällig zu leben, ohne dadurch Wut und Abscheu seiner Mitbürger zu erregen; weniger konnte man von einem Menschen nun wirklich nicht verlangen. Der nächste Schritt, und der reichte nicht viel weiter als der Durchmesser eines Blattes Papier, wäre, wie sich selbst ein Schuhplattler oder Tofuzüchter denken kann, die Auslöschung, der letzte Seufzer, ohne Tango in Paris, mithin der Wille Gottes; und wer noch Zweifel hatte, hier darf er sich in Sicherheit wiegen, das ist, nichts mehr und nichts weniger, als der ultimative Gottesbeweis. Solange er da oben mit dem Gedanken spielt, es da und dort mal wieder mit einer kleinen Auslöschung zu probieren, ist seine Existenz gegeben, von einer Wahrheit zur andern, sein Dasein bewiesen, sein Fortleben, ungeachtet all dessen, was seine Güte auslöscht, für die nächsten Tage, und diese Wegstrecke ist etwas weiter als der Durchmesser eines Blattes Papier. Was also, sagte zu sich Holubek, der schon vor seiner Geburt ein guter Theologe gewesen war, soll ich klagen, über den Zustand der Welt, die Beschaffenheit all der Geschöpfe Gottes und das Erblühen der sozialen Gefühlswirtschaft. Keine Angst, mein lieber Leser, wir werden auch noch die Agape Schöner und Hoher Frauen erleben. Dann wird es, beim Hl. Augustinus, erst richtig lustig. Es, und nichts anderes.

Somit ist klar, Holubek befand sich nicht auf der Flucht. Er wollte lediglich eine radaugeschwängerte Wohnung gegen eine stille und ruhige Ecke eintauschen, und dergleichen sollte in einer Tauschgesellschaft doch wohl möglich sein, ohne viel Aufhebens, ohne Säbelschwingen und dicke Berta. Oder! Praktisch hatte Holubek auch kein Problem, ein Plätzchen mit einem anderen zu vertauschen. In seiner jetzigen Wohnung würde er nicht viel zurücklassen müssen, eine dünne Schaumstoffmatratze, die er am Sperrmüll aufgeklaubt hatte, einen Klappstuhl, der leicht unterm Arm wegzutragen war, und eine schmale Holzplatte, die er über zwei Gemüsekisten legte, um einen Tisch zu simulieren. Ja, und dann war da noch die Leselampe, ein Winzling, der sich leicht in einer Plastiktüte transportieren ließ. Auf dieses Accessoire konnte er nicht verzichten, denn er las gerne, in der Nacht und am Tage, Klassiker aller Art und Reisebücher (wen wundert`s). Einst hatte er- aber das ist eine andere Geschichte, und ein anderes Leben, das Holubek einmal geführt hatte - eine stattliche und reichhaltige Bibliothek besessen, diese aber rasch ins Ausland gebracht, nachdem die Regierung in diesem, unserem, Lande verkündet hatte, es werde bald alles konsequenter gehandhabt als in Fahrenheit 451. Und so hatte er sich daran gewöhnt, nur mit zwei oder drei Büchern zu leben, die er bequem und unauffällig mit sich führen konnte. Niemand sollte gestört werden. Nicht von ihm.

Die praktischen Probleme des Lebens, wie man sieht, waren also leicht zu lösen. Ein Rätsel der Geschichte hatte er aber bislang noch nicht aufzulösen vermocht, dieses, völlig unbemerkt unter Mitmenschen sein Leben dahinbringen zu können. Also war er an diesen Kiosk gelangt, also machte er sich auf, den hiesigen Bahnhof zu finden, um im Zug dann darüber nachzudenken–zu grübeln, sagten die Imbiß-, Wohnungs-und Lebens-nehmer–, wie er es wohl schaffen könne, in der nächsten Stadt, die nicht unbedingt die nächstliegende sein mußte, das unaufgelöste Rätsel der Geschichte seiner Aufklärung entgegenzuführen.

Welchen Zug er nehmen würde, das war vorläufig nicht wichtig. Auch war er nicht genötigt, sich darüber Gedanken zu machen, was aus seiner bisherigen Wohnung, in diesem Städtchen, das in diesem unseren—mithin nicht Holubeks—Lande herumlag, werden würde. Auf die paar Möbelstücke, die weiter oben erwähnt wurden, konnte er leicht verzichten, und sie waren auch ebenso leicht zu ersetzen. Irgend welche Spuren hatte er nicht hinterlassen, beim Meldeamt nicht und ebensowenig beim Hausmeister, dem er die Miete bar in die Hand gelegt hatte, verbunden mit einem lieben, kleinen Schmiergeld.

Als Holubek sich vom Kiosk in Richtung Bahnhof—diese Einrichtung, die zu den wenigen vernünftigen Errungenschaften des Fortschritts gehörte, konnte nicht weitab liegen—bewegte, drehte er sich nicht um wie Lot's Weib, oder sonst ein Romantiker, der die Fallstricke von Hoffnung und Heimat nicht missen mochte, spürte aber—auch sein Rücken war empfindlich—deutlich, wie die versammelte Menschheit am Kiosk aufatmete, und ihm alles Schlechte für seinen weiteren Lebensweg wünschte. Auch das kannte er. Nicht nur Theologe war er, aus der Lebenspraxis heraus, die weit schon vor der Zeugung beginnt, sondern auch Phänomenologe, ganz ohne eine Zipfelmütze, denn es blieb ihm-lieber Leser, auch Du kennst das-nichts anderes übrig, als dahingehend vernünftig zu sein, die petrifizierten Exkremente der anderen nicht den Berg hinauf zu rollen.

Tatsächlich lag der Bahnhof nicht weit entfernt von der Frittenbude, etwa fünfzehn Minuten, Zeit genug für Holubek, über seine weitere Peregrination zu sinnieren, grübeln und sich seinen eigenen Kopf zu zerbrechen. Er schlenderte auf den Trottoirs dahin, hielt die Automobile, LKW und Landmaschinen im Auge, unter deren Räder er nicht geraten wollte, schon allein aus dem

Grund, den Rechthabern nicht recht zu geben. So gelangte er unbeschadet zum Eingang des Bahnhofes (es gab nur einen, schon mal ein schlechtes Zeichen), und war entschlossen, eine Fahrkarte zur nächsten Kleinstadt zu lösen (die Großstadt hielt er sich als letzte Reserve), als er von einem wundersamen Auftritt überrascht wurde. In der kleinen Bahnhofshalle hatten sich verschiedene Wandergruppen allen Alters versammelt, wobei die jungen und mittelalterlichen Teilnehmer eindeutig überwogen. Alle waren mit dem zeitgemäßen Rucksack ausgestattet, der unauffällig an die Nachkriegszeit erinnerte, und mit einem Hilfsmittel nach der neuesten Mode. Das war der nordische Wanderstock, der ursprünglich nichts weiter als ein Skistock war, den ein findiger Geschäftsmann aus Norwegen, zusammen mit der Religion des gesunden Wanderns massenhaft an Frau und Mann, Fräulein und Jüngling brachte. Sein Motiv war, daß er als Zwischenhändler viel zu viele, Tausende von diesen Skistöcken, sehr billig eingekauft hatte, aber dazu keine Skier, und die lästige Ware rasch los werden mußte.

Wie jeder Kaufmann weiß, läßt sich mit Religion alles verkaufen, besser als mit kurvenstarken Blondinen. Bald waren nicht nur die Skistöcke verkauft, es etablierte sich eine umfängliche Stockindustrie, die ganz neue Modelle einführte, und ein ganzes Volk in Bewegung setzte. Das war nicht schwer, denn die begeisterten Wandersleute hatten ihr gutes Gedächtnis, und sie hatten in ihren Familien den idealen Platz, dieses am Leben zu erhalten, und an die nächste Generation weiter zu geben; nun Sturm steh` auf, nun Volk brich los. Der Wanderstock, der mit weit geschwungenen Armen zu bedienen war, hatte eine spezielle Modifikation erfahren. Er hatte eine solide Stahlspitze erhalten, mit der allen Unbilden des Lebens und des Wetters und der Wege zu begegnen war.

Der neueste Schrei allerdings war der zusammenlegbare Wanderstock, der in den Rucksack gesteckt werden konnte, und aus demselben keck hervorlugte. Hier, in der Bahnhofshalle, hatten sich viele Rucksackträger mit solchen Stahlspitzen, die sie auf dem Rücken trugen, versammelt, kein schöner Anblick für Holubek, er hatte die Vision eines riesigen Igels mit stählernen Stacheln. Aber das waren in der Hauptsache die männlichen Wanderburschen, die sich als militärisches Haustier aufführten, während die weiblichen Wanderer, genauer gesagt, die Wanderinnen, es vorzogen, die fein gefalteten Stöcke unter dem Arm zu tragen, wodurch die militärische Funktion des Stahlstockes in die Horizontale verlegt wurde, die Spitze mal hinten, mal vorne.

Die Bahnhofshalle war dermaßen mit Wandersleuten angefüllt, daß es wohl gereicht hätte, mehre Züge damit zu füllen, um in alle Richtungen von Gottes schöner Welt zu rauschen. Im Nu erkannte Holubek, daß seine Reisepläne für heute sich vor der Wirklichkeit blamiert hatten. Wie immer bewegte sich sein Denken in der Form einer Rocaille. Gut, sagte er sich, so weit wie Robinson Crusoe bin ich noch nicht herabgesunken. Noch lebe ich nicht auf einer Insel, und wenn der gottlose Himmel mir weiterhin beisteht, werde ich alles daran setzen, in diesen Zustand niemals zu gelangen, denn das wäre nichts anderes als die Rückkehr in den Leib sämtlicher Mütter, die da wohnen in den dunkelen Dschungeln.

Und weiter sagte zu sich Holubek, der Tag hat schlecht angefangen, mit Lärm und spitzen Stöcken, und das sagt mir, diesen Pfad der Tugend zu befolgen wird dich nur ins Verderben führen, und das Verderben ist nichts weiter als der Versammlungsort der Bekloppten und Zermatschten. Nichts für mich, halten wir uns lieber an alte Weisheiten denn an die neuste Scheiße.

Und was ist die zuverlässigste alter alten Weisheiten? Da haben wir sie schon, es ist der gute Rat für den großmäuligen Fünfkämpfer: Hic Rhodus, hic salta! (Man darf ruhig sagen, der Satz sei nicht korrekt.)

Holubek setzte ein äsopisches Gesicht auf-ein weiterer Versuch, sich im Tragen von Masken zu üben, damit niemand ihn erkenne, und er seine Ruhe habe-und ging in die Stadt zurück. Dabei kam er durch den Stadtpark, der über einen alten Baumbestand verfügte, darunter drei Gingo Biloba (du weißt schon, lieber Leser, wessen Lieblingsbaum das war; oder!). Diesen Gebilden erwies Holubek stets seine Reverenz, wenn er durch diesen Teil, den besten Teil der lebensverdrossenen Kleinstadt, kam. Er machte eine Verbeugung, und wandte sich (schon zog eine Familie mit drei Kindern ein sauertöpfisches Gesicht) dem nächsten Baum zu, einer Trauerweide, die gewiß schon ihre dreihundert Jahre auf dem Buckel hatte. Schon wollte er eine Begrüßung aussprechen, als er wie vom Blitz gerührt stehen blieb. Ein Eichhörnchen war an den Baumstamm gespießt, bedenkenlos, und das arme Tierchen hatte noch im Tode, der erst vor kurzem erfolgt sein konnte, den Schrecken in den Augen, der vom Anblick des Henkers verursacht worden war. Und gewiß noch von etwas anderem. Denn das Tierchen war mit der Spitze, der stählernen eines dieser modischen Wanderstöcke an den Baum genagelt worden. Diese Spitze war recht dünn, und wohl vor kurzem geschärft worden. Der Stock war aus Haselnuß gefertigt, ziemlich kurz, und somit die Wanderhilfe eines Kindes. Wie oft hatte er nicht auf den politischen Versammlungen, die unterhalb seiner Wohnung stattfanden, den Lehrsatz gehört: Früh übt sich, was ein Häkchen werden will. Die gekrümmte Seele der Leute mit Lebenserfahrung war damit gemeint, gesagt wurde es in den Versammlungen nicht; es ja es.

Holubeks Aufenthalt in dieser Stadt hatte noch nicht das Alter von vierzehn Tagen erreicht, doch hatte er schnell kapiert, worauf hier, in dieser unserer Stadt, die Lebenserfahrung hinauslief, kurzum darauf, das Leben gründlich aus sich herausfahren zu lassen, in einem Schwung, wie Dünnpfiff.

Die Hinrichtung des Eichhörnchens verursachte die Überlegung, ob es nicht besser sei, die pädagogische Stadt mit ihren Lebensweisheiten sogleich zu verlassen, und wenn es mit dem Zug nicht ging (wer weiß, was noch kommt, wenn die Wanderer alle abgefahren sein werden), so doch zu Fuß (mit dem Fahrrad ging es nicht, die Stadtverwaltung hatte ihm den Führerschein für Velos verweigert), am besten in der Nacht, versehen mit einem Viatikum, das für ein paar Tage reichen würde. Aber Holubek war klar, daß er dieser Versuchung, vorerst, wiederstehen mußte; er hatte hier noch einiges zu erledigen. Also brachte er ein tiefes „Ach" mit einem großen Seufzer hervor, ging weiter in Richtung Stadtmitte, kaufte eine Zeitung, und setzte sich in ein Kaffeehaus. Es war das letzte in der Stadt, und hatte schlechte Aussichten, denn nach der Sonntagsmesse im Dom kam stets ein Protestzug von Betbrüdern-und Schwestern vorbei, und rief, den Schott in der Hand hoch erhoben: Der Herr wird diese Brutstätte des Lasters ihrer gerechten Strafe zuführen. Müßiggang ist aller Laster Anfang. Wer nicht betet, der arbeitet auch nicht; und andere Sprüche mehr. Kaum traute sich noch jemand in das Kaffeehaus hinein. So wurde mit frommen Sprüchen erreicht, was selbst die Stadtverwaltung nicht durchzusetzen gewagt hatte. Das Publikum blieb aus, der drohenden Ruin über dem Wirtshaus schweben. Holubek war der letzte Gast.

Glücklicherweise-aber was hilft schon ein kleines Glück-wußte Holubek, in diesem Augenblick, in diesem unserem Lande, nicht, welche Ehre ihm damit zuteil wurde. Ehre in welcher Perspektive? Gewiß nicht aus Gottes, des toten, Vogelperspektive. Holubek hatte im genannten Moment besseres, etwas Banales zu tun, die Zeitung, die er gekauft hatte, zu lesen, in der Absicht, etwas für sein Leben, das er noch nicht als beendet betrachtete, zu tun. Er schlug die Zeitung auf, ließ Politik und Kultur an ihrem angestammten Orte liegen, und befaßte sich mit Kleinanzeigen, den Angeboten für kleinere Arbeiten; und bald fiel sein Blick auf die Rubrik Hausmeister, Chauffeure und Gärtner. Welcher Aufgabe sollte er sich zuwenden? Hausmeister war für ihn nicht das richtige, schaffte er es doch nicht, sein eigenes Haus zu bestellen, auch wenn es ein schäbiges Zimmer war. Chauffeur ging auch nicht, wie sich der Leser, selbst der verschlafendste, denken kann. Ein Chauffeur muß Uniform tragen, die Mütze ziehen, und das Automobil nicht zu eigenen Zwecken benutzen, sondern wegen der Launen eines Eigentümers, der sich nicht selber fort- bewegen wollte, und somit geneigt war, die schlimmsten Launen zu haben, auch wenn er keine Dame war. So blieb für Holubek, da der verweste Gott ihm keine rechte Gunst mehr erweisen konnte, nur der Gärtner übrig. Er ging mit dem Finger die Anzeigen durch, und traf bald auf eine Annonce, die vielversprechend war: Hilfspersonal für die gute Pflege eines größeren Grund- stückes gesucht; mit Telephonnummer.

Gedacht getan. Holubek fragte den Wirt, auf dessen Gesicht zu lesen stand, was es hieß, zu wissen, daß das letzte Stündlein vor der Tür stand, ob das Telephon noch funktioniere, und hielt die resignierte Antwort: „Wer weiß, versuchen Sie´s mal." Er wies den Weg ins Untergeschoß. Dort fand, neben den Toiletten, Holubek die Telephonzelle. Er wählte die angegebene Nummer. Sogleich meldete sich eine hochfahrende und mili-

tärische Stimme, und donnerte los: „Was ist!" Holubek
sagte artig sein Sprüchlein, er wolle Gärtner werden.
Und wollte wissen, mit wem er spreche. „Ich bin der
Chauffeur. Du kommst um Halbneun, damit ich mir
deine Visage anschaue."- „Gerne", sagt Holubek, „nur,
es ist bereits Halbdrei."- Der militärische Chauffeur
meinte, morgen sei auch noch ein Tag, und knallte
seinen Hörer auf seine Gabel. Das kann ja lustig werden,
dachte Holubek, ein Chauffeur, der sich wie ein
Feldwebel aufführt, verteilt die Arbeit. Ist er der Herr
des Anwesens?

Holubek, oh nein, gefiel die Konstellation nicht. Vom
Chauffeur, nicht vom Hausherrn eingestellt zu werden,
das verhieß nichts Gutes. Hatte der Chauffeur so viel
Macht, oder war der Hausherr nachlässig, und überließ
solche Kleinigkeiten seinem Automobilisten? Oder war
das schlicht und einfach ein Zeichen von Verachtung
für das Personal, das dem Chauffeur die Möglichkeit
gab, sich in Hochmut aufzuplustern? Schon wollte
Holubek die Flagge streichen, die er nicht mit sich
führte, da er weder ein Reich besaß, noch ein Land
repräsentierte, noch einen Acker hatte, für den er Rechte
hätte vorweisen können, feudale oder nationale. Also
hieß es, ein Lächeln aufzusetzen und ein Entschlüßchen
zu fassen. Was aber tun, bis Halbneun am nächsten
Tag? Und das ausgerechnet in dieser Stadt, wo nicht nur
Gast-und Kaffeehäuser, sondern auch Kinos, Tanz-
böden und die hundsgewöhnlichen Kneipen von der
öffentlichen Mißbilligung bedroht waren. Nun gut, in
den Vororten wird es noch ein paar unanständige Etablissements geben. Allerdings kannte Holubek das
mittelstädtische Kaff, in das es-schon wieder dieses es-
ihn verschlagen hatte, bereits nach wenigen Tagen gut
genug, um zu wissen, daß die Vororte nicht nur klein
waren (an manchen Stellen sogar saniert, d.h. man hatte

die Bewohner vertrieben), sondern weitgehend schon vom Anstand durchseucht. Er klappte die Zeitung zusammen, und machte sich zu Fuß davon. So lange ich noch hier bin, wird es doch wohl noch ein paar Häuser geben, wo man sich ruhig auf einen Stuhl setzen kann. So dachte Holubek. Was der sich nicht so alles dachte.

Die Sonne ging unter. Die drei Dutzend Vögel, die es hier, in dieser Stadt, die bei uns, in diesem unserem Lande gelegen ist (genauer: zum Liegen gekommen, aufs Kreuz gelegt, die Füße unterm Leib weggeschlagen), noch gab, nahmen das zum Anlaß, den Gesang einzustellen, und sich stiekum ein Nachtlager zu suchen. Mit Straßenlaternen wurde ohnehin gespart, das läßt sich denken, keine Verschwendungen, bitteschön. Hier war der Ort, an dem man sparte. Holubek hatte das gleich bemerkt, kaum war er, vor diesen wenigen Tagen, hier angekommen. Am nächsten Tag schon fiel ihm auf, daß die Kinder alle so aussahen, als sei an ihnen von Anfang an schon gespart worden, nicht nur an Babynahrung, sondern bei der Zeugung bereits mit den notwendigen Ingredienzien. Am dritten Tag hörte Holubek, als er beim Bäcker Brezeln kaufen wollte, aber nur mit bösen Blicken versehen wurde, es gebe hier Hungerseminare für Pubertierende.

3

NIChtsdestoweniger ging Holubek weiter durch diese nicht seinige Stadt, und fand recht bald eine armselige Kaschemme, in einem Vorort, der einstmals von Turnlehrern bewohnt worden war; in jedem Vorgärtchen stand ein Reck. Es gab an den Häusern auch verrammelte Fenster und zugemauerte Kellerluken zu sehen; hier mußten die Religionslehrerinnen gewesen sein. Welch anmutige Gegend. Kein Wunder, daß hier eine Kaschemme sich noch hatte halten können. Über dem Eingang hing ein gemaltes Schild, und nannte das Etablissement beim Namen: Waldeslust. Das sollte entweder Eindruck machen, oder an bessere Zeiten erinnern. Im letzteren Falle könnte das nun einmal dem Untergang gewidmete Haus ein Volksentbindungsheim gewesen sein.

Holubek trat ein, und war wenig überrascht, daß der Wirt ihn erst verwundert anstarrte, und dann zu lachen anfing. „Willkommen", sagte er, „die späten Gäste sind mir die liebsten. Und das an einem Tag wie heute!" - Holubek wollte wissen, was denn Besonderes an diesem, dem heutigen Tage, wohl dran sei. „Ganz einfach", sagte der Wirt. „Heute ist der letzte Tag. Jedenfalls der letzte Tag dieser Gastwirtschaft." Holubek antwortete dem Wirt: „Wenn ich eines kapiert habe, seit ich in dieser Stadt angekommen bin, so ist es dieses, daß ein süßlicher Geruch in der Luft liegt, der nur eines bedeuten kann: Hier werden lauter letzte Tage ausgebrütet." –

„Und bald", ergänzte der Wirt, „wird sie auch niederkommen."–„Wer denn, die Stadt?", fragte Holubek den Wirt. „Eine Stadt wird schwerlich niederkommen können. Womit denn. Mit Nachwuchs bestimmt nicht. Das ist die Aufgabe ehrbarer Bürgerinnen."–„Mit Nachwuchs nicht", klärte der Wirt auf, „aber mit Auswuchs."–„Ja isses denn die Möglichkeit", wollte Holubek spotten, doch der Wirt fuhr ihm sogleich übers Maul: „Darüber kann man dumme Witze machen, gewiß, aber nützen wird es nichts. Auch mit Ironie, in dieser unserer Stadt, ist nicht weit zu kommen. Und der Geistreiche hat sich eh´ schon vor der Wirklichkeit blamiert, bevor er das erste Wort gesprochen hat."–„Ein philosophischer Wirt, das hat man selten!"–„Ach", sagte der Wirt melancholisch, „das hat nichts mit Denken zu tun, mit Dialektik und Systematik. Wenn man in dieser Stadt lebt, bleibt einem nichts anderes übrig, als sich so seine Gedanken zu machen."– „Ja, ich weiß", sagte Holubek, „es liegt an dem Geruch, der in Luft liegt."–„Ach", sagte weiterhin melancholisch der Wirt, „wenn das alles wäre. Jedoch, es gibt auch viel Schlimmeres. Sie, cher ami, werden auch noch darauf kommen."

Holubek setzte sich an einen freien Tisch, was nicht weiter schwierig war, es (schon wieder es) waren kaum noch Gäste vorhanden. Er wollte gerade ein Bier bestellen, ein großes, da kam schon der Wirt mit einem Sektkübel, setzte sich zu Holubek an den Tisch, und sagte mit sardonischer Mine: „Mein Herr, das muß gefeiert werden."– Holubek fühlte sich geschmeichelt, brachte ein freundliches Lächeln zustande, bedankte sich artig, und sagte zu dem Wirt: „Herr Wirt, die Toten sollen ihre Toten begraben. Wir, die Überlebenden, dürfen eine kleine Feier veranstalten. Hoch die Tassen! Prost, Herr Wirt."

Der Wirt hatte unterdessen, mit sanfter Geste, die Champagnerschalen gefüllt, erhob die seine, und ließ, da Holubek das nämliche tat, die Gläser erklingen. Und nachdem er einen guten Schluck genommen hatte, verfiel er wieder in Melancholie, und sagte zu Holubek. „So einfach ist das nicht. Das Problem sind nicht die Toten, sondern die Lebenden. Die Lebenden zwar leben nicht mehr, doch sie denken nicht daran, einander zu beerdigen, nicht einmal im Traum–denn ein paar wenige Träume haben sie noch–kommen sie auf solche Gedanken.“–„Wie denn das“, wollte Holubek wissen.– „Es ist ganz einfach“, antwortete der Wirt, „die Lebenden glauben, sie seien lebendig.“–„Vermutlich haben sie dazu guten Grund“, sagte Holubek, „denn ich sehe sie quietschfidel herumlaufen, manche sogar mit Wanderstöcken, einem Lied auf den Lippen, und sportlichem Schritt.“ –„Das eben“, erläuterte der Wirt, „ist das Problem mit diesen Leuten. Nur weil sie sich für muntere Burschen halten, und lustige Fräulein (bei dem Wort lustig schüttelte es den Wirt), sind sie noch lange nicht in die Kategorie Lebewesen einzuordnen. Ist das klar, oder für Sie ein logisches Problem?“–„Wenn ich“, antworte rasch Holubek, „an den Geruch denke, der in der Luft liegt, nachts noch mehr als am Tage, dann habe ich zwar damit kein logisches Problem, aber eine Frage: Warum laufen sie immer noch hier herum?“

Der Wirt goß wieder Champagner in die Schalen, stellte die Flasche sanft auf den Tisch, und näherte seinen Kopf bedächtig dem Holubeks, und sagte, mit etwas Grunzen: „Wissen Sie, cher ami, darüber habe ich lang nachgedacht. Und bin doch zu keinem rechten Ergebnis gekommen.“–„Nun ja“, sagte nun Holubek mäeutisch, „das mag daran liegen, daß es keine Antwort auf diese Frage gibt.“– Da war der Wirt nicht faul, stieß Luft aus seinen Nüstern, und sagte mit Nachdruck:

„Wenn es keine Antwort gibt, dann aus dem einfachen Grunde, daß wir Feiglinge sind, Sie ebenso sehr wie ich. Wollen wir das auf uns sitzen lassen?"–„Wohl nicht", antwortete Holubek auf diese Herausforderung, ruderte mit beiden Händen in der Luft herum, so lange, bis er glaubte, das Ende eines Gedankens erwischt zu haben, und sagte verlegen: „Vielleicht ist die Antwort zu einfach, als daß man sie gefahrlos aussprechen könnte. Ich will damit sagen, diese Antwort würde ebenso einfach wie zwecklos sein, ich meine: folgenlos."– „Gleich heraus damit", fuhr der Wirt ihn an. Holubek suchte sein dümmstes Grinsen aus seinem Vorrat an Grimassen heraus, setzte es auf sein Gesicht, und sprach feierlich: „Herr Wirt, es liegt daran, daß die Toten zwar herumlatschen, aber nicht wissen, was sie tun, also auch im Kopf tot sind, und daher nicht darauf kommen können, wie sie es anstellen sollten, einander das Grab zu schaufeln."–„Wir haben es folglich", schlußfolgerte der Wirt, „mit Zombies zu tun."–„Ja", sagte Holubek, „und Zombies haben die unangenehme Eigenschaft, sich für lebendig zu halten. Weshalb sie nichts besseres im Sinne haben, als alles, was da kreucht und fleucht, mit anderen Worten, tatsächlich am Leben ist, hinauszuprügeln, hinauszutreiben, hinauszubomben; und was es sonst noch an Fortschritt gibt."–„Und das wiederum heißt, Zombies sind religiöse Menschen, also im Recht, in der Wahrheit und Glückseligkeit, wie die süßen kleinen Mädchen, die von einer herrschaftlichen Hochzeit träumen, ganz in weiß, aber nicht wissen, ob sie den Schreiner oder den Metzger nehmen sollen, und wenn`s der Briefträger wird, wird auch er nichts von den Träumen erfahren, die ihn betreffen." Der Wirt ließ einen tiefen Seufzer aufsteigen, und versuchte, dessen Ursachen in Worte zu fassen: „Ich weiß, wovon ich rede. Und was hat es mir gebracht. Eine Kneipe, die demnächst dem Erdboden wird gleich gemacht werden."–„Wann soll das sein", fragte Holubek. Der Wirt sagte, nochmals melancholisch, das wisse niemand so genau. Ein paar Tage, ein paar Wochen, vielleicht in der nächsten Minute.

„Dann", sagte Holubek, „wird es höchste Eisenbahn, daß wir diese Flasche, die am Ende die letzte sein wird, in aller Ruhe austrinken." –„Und noch eine andere", ergänzte der Wirt, „falls die Zeit reicht. Aber nun sage einmal, cher ami, warum bist du eigentlich hier her gekommen." –„So komisch es klingen mag: um mir die Zeit zu vertreiben. Jedenfalls bis morgen in der Frühe."– „Das heißt, du hast keine Bleibe?"–„Oh doch! Aber da will ich nicht hin. Ich bin ihr am Morgen entflohen, wollte die Stadt verlassen, auf Nimmerwiedersehen, aber Pustekuchen, man hat mich nicht lassen ziehen wollen. Der Bahnhof war verstopft."– Der Wirt grinste. „Ach ja, die Wandervereine, gerade sie sind es, die einem am Gehen hindern. Und was hast Du, cher ami, für Pläne, um den nächsten Morgen in Kauf zu nehmen?"– Holubek wurde verlegen, und sagte, er sei auf die merk-würdige Idee verfallen, hier, in dieser Stadt, eine Arbeit anzunehmen. Um seine Flucht vorzubereiten; heimlich, still und leise, halt so ganz unauffällig. Falls ihm sein Arbeitgeber nicht auf die Schliche komme, meinte der Wirt zuversichtlich. „Und was soll das für eine Arbeit sein?"

Holubek berichtet von dem Telephonat mit dem Chauffeur, und stellte fest, daß dieser ihm keine Adresse genannt hatte. „Na", sagte Holubek, dann werde wohl nichts aus der Sache werden. „Warum", meinte der Wirt, „die Flinte so schnell ins Korn werfen", und fragte ihn über den Chauffeur aus. Holubek beschrieb genau die Redeweise des Chauffeurs, und dessen arrogant mili-tärischen Tonfall. „Das kann nur einer sein. Ein unangenehmer Bursche. Ich hatte mal mit ihm zu tun. Als ich ihm die Hand gab, hätte er mir fast den Unterarm gebrochen. Dabei wollte ich mich, nachdem ich ein kleines Geschäft mit ihm gemacht hatte, nur von ihm verabschieden."–„Das", meinte Holubek, „kann ja heiter werden."– „Allerdings", sagte Wirt, „und wenn Du erst weißt, cher ami, daß du nicht nur an einen unangenehmen Chauffeur geraten wirst, sondern in die Dienste eines merkwürdigen Hauses, dann wird Dir der Hosenboden schlottern." - Holubek wollte sogleich wissen, was es mit diesem Hause auf sich habe. „Nun", sagte der Wirt, „das Haus ist zwar das schönste im ganzen Städtchen, ein Schmuckstück, eine Perle, eine große Jugendstil-Villa, von einem Belgier erbaut, aber die Leute, die dort wohnen–residieren, sollte man besser sagen, herrschen–die sind bestimmt in dunkle Geschäfte verwickelt. Genaues weiß man nicht, da sie diese Geschäfte nicht hier, im kleinen Kaff, sondern in der großen weiten Welt betreiben."

„Klingt interessant", meinte Holubek, und wollte Genaueres wissen. Ob es sich um einen Waffenhändler handle, bei dem Herrn des Hauses, oder einen Fußballmanager, oder Schlagersänger. Nein, sagte der Wirt, das alles sei es nicht, und was es am Ende sei, das wäre auch egal, jedenfalls rate er dringend davon ab, sich in den Dienst dieses Hauses zu stellen, und sei es nur am Rande, als Parkfeger und Laubsammler. Und schon gar nicht in der gegebenen Konstellation, als Untergebener des Chauffeurs, denn darauf laufe die Anstellung doch hinaus. Dieser funktioniere nicht nur als Beweger eines hochherrschaftlichen Automobils, sondern sei darüber hinaus, und dies vor allem, das vertraute Faktotum seines Herrn, begleite ihn zwar nicht auf Reisen, erledige aber größere und kleinere Geschäfte für ihn, habe sogar eine Art Prokura, wenn auch nicht im kaufmännischen

27

Sinne, und stünde seinem Herrn gewissermaßen näher als, in vielen Dingen, könnte man sagen, die Gemahlin dem Hausherren. Und hier, an diesem Punkt, fange der ganze Schlamassel erst richtig an.

„Ich sage dir, cher ami, mir schwant Böses für dich. Laß die Finger von diesem Job, suche Dir einen anderen, oder verschwinde am besten gleich ganz aus der Stadt, dem Großkaff, das, wie Du weißt, sich durch schlechte Gerüche auszeichnet, und dennoch, oder gerade deshalb, von seinen Bewohnern geliebt wird. Ich kann mir denken, was der Chauffeur für dich ausgedacht hat. Er will sich intensiver dem Dienst an seinem Herrn widmen, und dafür darfst Du gewisse häusliche Pflichten übernehmen, die Gnädige Frau durch die Gegend chauffieren, Einkäufe für sie erledigen, den Fernsehabend gestalten, geistreich mir ihr diskutieren, oder bei Tisch aufwarten, wenn es ihr gerade gefällt, und ähnlicher Weiberkram, also das Schlimmste, was es auf Gottes schöner Erden gibt.“

„Na ja“, sagte Holubek, „da kommt man schon ins Grübeln.“–„Was gibt es da noch zu grübeln. Rette Deine Haut, renne um Dein Leben, es bleibt dir gar nicht anderes übrig. Denn das Allerschlimmste weißt Du noch gar nicht. Du wirst nie drauf kommen. Es ist das Töchterchen. Sie wird dich innerhalb von drei Minuten um den Verstand, nach drei Tagen um Deine Gesundheit, und bald darauf um Dein Leben bringen.“– „Wie sollte das möglich sein. Und warum sollte ein hochherrschaftliches Töchterchen sich um einen delabrierten Gärtner kümmern. Sie würde mich nicht einmal wahrnehmen, geschweige denn ein Gran Energie darauf verwenden, einem winzigen Angestellten ans Fell zu gehen?“

„Irrtum“, antwortete der Wirt, und schlug mit der Faust auf den Tisch. „So winzig du auch sein magst, und sei es kleiner als ein Muckenschiß, wenn es ihr einfällt, etwas kaputt zu machen, dann macht sie es kaputt, ohne Ausnahme; und Du, cher ami, wirst ein ideales Opfer sein!"–„Wie das?"–„Ja weißt Du denn nicht, wer Du bist!"–„Wenig. Nichts. Gar nichts..."–„Und damit das ideale Opfer!"– Holubek schaute den Wirt ungläubig an, mit einem entfernten Lächeln, fast wie ein Putto, und hielt dem Wirt entgegen, und hielt sich für sehr schlau: „Es lohnt sich nicht, mich aus dem Wege zu räumen. Ich bin weniger als ein Furz im Wind. Und im Ernstfall nicht einmal das. Also, was soll´s?"–"Für dermaßen beschränkt hätte ich dich denn doch nicht gehalten. Wenn das hochherrschaftliche Fräulein Tochter - Lady Trit läßt sie sich nennen, kommt von Trituration - sich einmal etwas in den Kopf gesetzt hat, dann kann sie nichts mehr in der Welt davon abhalten, es sofort in die Tat umzusetzen. Wenn sie in ihrer Rikscha, die sie von einer Asienreise mitgebracht hat, durch die Stadt gefahren wird–das wirst Du dann übernehmen dürfen– und es ihr einfällt, jemand einen Streich zu spielen (sie hält sich für recht geistreich), kann es vorkommen, daß sie „Halt!" befiehlt, und ihrem „Chauffeur" Anweisung gibt, irgend einem ahnungslosen Kerl, der Kaugummi kauend auf dem Trottoir herumlümmelt, mit einer süßen kleinen Karbatsche, die sie stets auf ihren Aus- flügen mit sich führt, eins überzuziehen. Das Problem dabei ist nicht, daß der Rikschafahrer etwa von der Polizei arretiert werden würde, nein, das wird niemals geschehen, denn Lady Trit ist für den Arm des Gesetzes nicht erreichbar, ebensowenig wie ihr Vater, oder sie sonst wie zur Verantwortung gezogen, nein, niemals, sondern sie läßt sich immer tollere Streiche einfallen, die du dann, als Nichts, das du bist, wirst auszuführen haben, du wirst erleben, daß sie eines Tages sich in Dein Bett einschleicht, dich nach allen Regeln der Kunst verführt, und Dir danach die Rechnung präsentiert. Dann wirst Du erleben, wie man ein Nichts als den letzten Dreck behandeln kann, erniedrigen, in den Fußboden hineintreten, und dann wirst du noch lange nicht am Ende der Fahnenstange angelangt sein. Denn auf ihrer Rechnung stehen noch andere Delikatessen, solche, von denen du in Deinen wildesten Albträumen noch niemals etwas gesehen hast. Denn sie wird dich zwingen, dir neue Gemeinheiten auszudenken, die *du* dann, je nach ihrer Tageslaune, wirst auszuführen haben. Na, cher ami, reicht dir das?"

„Ich bin beeindruckt", sagte Holubek.–„Beeindruckt! Was soll das?"–„Ich meine, ich sollte wirklich die Finger davon lassen." - „Das wird nicht reichen."–„Ja was soll ich denn noch alles tun?"–„Du sollst dich aus dem Staube machen, Mann, hast du das immer noch nicht geschnallt?"–„Und wann, bitteschön, soll das sein?"– „Am besten sofort. Auf der Stelle. Stante pede, wie die alten Römer sagen."–„Das ist mir", antwortete zögerlich Holubek, „eine schöne Überraschung."–„Na gut", lenkte der Wirt ein, „nicht in der nächsten Sekunde. Morgen früh wird`s auch noch gehen. Aber schon sehr früh."–„Es sei getan", sagte Holubek, mit einem etwas zu heroischen Ton in der Stimme. Der Wirt lächelte weise, und sagte, indem er sich Holubek zuneigte: „Cher ami, das ist mir eine weitere Flasche wert. Ich glaube fast, im tiefen Keller befindet sich noch ein Heidsieck. Und damit du weißt, was du nachher mit deinem Kopf anfangen willst, es gibt, für alle Notfälle, eine Fremdenkammer. Dort kannst Du Dein entscheidungsschweres Haupt hinlegen; und den Rest dazu."

4.

In dieser Nacht hatte Holubek wilde Träume. Es wimmelte nur so von Anakondas, Bartgeiern und Medusen. Gegen fünf Uhr klopfte jemand an die Tür. Wiederwillig erhob sich Holubek, tauchte sein Gesicht in eine Waschschüssel, zog die Schuhe an, und machte sich auf den Weg. Irgendwelche Siebensachen gab es nicht zu packen. Seinen Paß hatte er bei sich, und sonst kaum etwas. In der Jackentasche fand er ein paar Geldschein. Das wunderte ihn, denn er hatte dem Wirt erklärt, er sie im Augenblick wohl etwas knapp bei Kasse, habe jedoch in einigen Schließfächern, vorzüglich im Ausland, etwas Vorrat angelegt. Man könne ja nie wissen. Auch im östlichen. Da bekam der Wirt einen Schreck, das sei gefährlich, das dürfe niemand wissen, und wie er denn zu Ostgeld gekommen, zu Rubeln gar. Ganz einfach, erläuterte Holubek, er habe in seinem bisherigen, mehr oder weniger kurzen Leben schon viele Berufe ausgeübt, darunter solche, die man zwar bei einem Namen nennen, aber sonst nicht weiter erwähnen könne, denn sie würden jenseits des alteingesessenen Gedankengutes praktiziert. Der Wirt wollte genaueres wissen, jedoch blieb Holubek standhaft, und fütterte ihn statt dessen mit mehreren vernünftigen Berufen. Holzfäller sei er gewesen, Erdbeerpflücker, Sardellenfischer, auf Sizilien Salinenarbeiter und in der Tatra Steineklopfer. Und da, meinte der Wirt, sei er mit Ostwährung bezahlt worden. Nein, mußte Holubek korrigieren, davon seien keine Rubel auf ihn gekommen.

Wie denn sonst, wollte der Wirt wissen. Durch ganz legalen Handel. Kaviar? Nein, klärte Holubek auf, ich handelte mit Rauchwaren. Und zwar vom Feinsten. Feh, Nutria, Black Bisam, russischer Persianer, Schneehase, Grisfuchs, Skunk, Seal, Civet-Katze, Chinchilla, kurzum alles, was eine Frau zur Dame macht. Oder, meinte der Wirt, die Nutten vornehm. Und womit sich die kleinen Nüttchen aufplustern können. Holubek blieb nichts anderes übrig, als dem Wirt zuzustimmen, und erläuterte, das gelinge am besten mit Schneehasen.

Nur ungern verließ Holubek das letzte der Wirtshäuser, das in dieser unserer Stadt noch nicht platt gemacht worden war. Ob er den Wirt noch einmal sehen würde. Während er sich das fragte, trat eine andere Erscheinung in sein Blickfeld, und diese war alles andere als angenehm. Was Holubek erblickte, war eine häßlich dumme Parodie, Verzerrung vielmehr, von Erich von Stroheim in „Sunset Boulevard". Holubek wurde von einem gehörigen Schrecken durchfahren. Sollte es sich am Ende um jenen Chauffeur handeln, mit welchem er am Vortag telephoniert hatte, um sich auf die Gärtnerstelle zu bewerben! Und wenn er es tatsächlich war, was wollte er dann hier, und woher wußte er nur, daß Holubek sich im letzten der Gasthäuser aufhielt; und es nun eben, ausgerechnet zu diesem Zeitpunkt verließ?

Holubek blieb kaum Zeit, seine Überlegungen anzustellen. „Einsteigen!", herrschte ihn der aufgeputzte Beförderer besserer Gesellschaft an. Es war diesem Lakaien nicht klar, daß er die depressive Vornehmheit Stroheims nie würde erreichen, auch im entferntesten nicht nachahmen können. So versuchte er, den wesentlichen Unterschied durch eine extravagante Uniform auszugleichen. Sie war aus feinem Leder gearbeitet, mit silbernen Knöpfen besetzt (auf einigen schienen Edelsteine zu flimmern), die Hosen etwas zu eng anliegend. Statt der üblichen Mütze des Chauffeurs trug er einen Bowler. Das sollte wohl einschüchternd wirken, oder nach Geheimpolizei aussehen. Jedenfalls war Holubek klar, daß er sich wieder in einer dummen Lage befand. Schon wieder war es so weit. Es; na ja.

Eigentlich, d.h. tatsächlich, kam Holubek aufgrund der blödsinnigen Wiederholung–verdammt sei das itinerative Weltbild–dieser grotesken Situationen immer mal wieder auf einen neuen Gedanken, der ihm zwar nicht viel half, immerhin aber die Atemwege reinigte. Der Chauffeur–er muß nicht unbedingt einen Namen haben, hatte er doch eine Funktion (wessen, das wird man noch sehen)–ließ Holubek allerdings, in Echtzeit, nicht die geringste Chance, den Kortex zu beschäftigen. Eine häßliche kleine Pistole war in seiner rechten Hand erschienen, und verlieh der Wiederholung des Wortes „Einsteigen!" den Nachdruck, der ganz im Sinne des Sprechers, nicht des Empfängers war, ergänzt durch die gedankliche Erweiterung: "Und ein bißchen plötzlich."

Holubek warf einen wehmütigen Blick auf das letzte der Gasthäuser, stieg in das Automobil, auf den Rücksitz, ließ, vorerst, alle Illusion fallen, und sprach melancholisch zu dem Chauffeur, der sich auf seinem Sitz eingerichtet hatte, und dabei war, die Maschine zu starten: „Das kann ja heiter werden."–Zu seiner größten Überraschung antwortete der Chauffeur gedehnt: „Die Zukunft ist niemals heiter, wenn Sie mich fragen."–Darauf Holubek prompt: „Wenn das so ist, warum lassen Sie mich dann nicht aussteigen!"–„Das", antwortete der Chauffeur, „liegt außerhalb meiner Kompetenz."–„Aber Sie dürfen mir doch wohl sagen, wohin die Reise geht."– Der Chauffeur spielte sich wieder als Weltphilosoph auf, und sagte: „Gerne. Aber es wird Ihnen nicht gefallen. Zum einen ist es mit dem

Reisen so eine Sache. Man weiß nie, wohin das führt. Und außerdem ist diese Fahrt für Sie eine Reise ohne Wiederkehr. Auch wenn diese nur recht kurz sein wird."– Holubek versuchte, noch einige Auskünfte aus dem Beförderer der Ungewißheit herauszuholen, doch so tiefsinnig er auch fragte, es half nichts. Der Chauffeur mit dem hergeholten Stroheim-Anstrich hatte sein Gesicht abgeschlossen, und fuhr seiner Wege, die nicht die Holubeks waren, aber wessen, das war auch nicht klar.

So richtete der sich im Fond des Wagens ein, döste ein wenig, und wollte sich über sein Unglück mit der Überlegung trösten, wenigsten werde ich mit einem herrschaftlichen Gefährt befördert. Es handelte sich zwar nicht um einen Isotta-Fraschini, aber man kann ja nicht alles auf einmal haben, Pech und eine anständiges Automobil. Holubek befand sich derzeitig in einer aufgeblähten Prominenten-Kutsche, die man früher einmal den Adenauer-Benz nannte. Adel verpflichtet.

„Gleich sind wir da", dröhnte der Chauffeur.- Holubek hatte sich auf eine längere Reise eingestellt. Wenn ich, dachte er, schon in mein Unglück fahren muß, und sei es auch mit der Hilfe eines Chauffeurs, dann soll dieses, bitte sehr, weit entfernt liegen. Und so mußte Holubek feststellen, daß man zwar die Stadt, das Scheißkaff, verlassen hatte, aber nur oberhalb derselben, auf einer schmalen Serpentinenstraße (später sollte Holubek erfahren, daß sie für die Stadtbevölkerung gesperrt war, und nicht einmal die Polizei befugt war, sie zu benutzen) dahin fuhr, auf einen Hügel zu, auf welchem malerisch, wie denn sonst, eine prächtige Villa gelegen war, dergestalt, daß das Kaff in der Ebene nicht zu sehen war; wie praktisch für die Psychohygiene.

Es dauerte nicht mehr lange, und der Adenauer hielt vor einem Gittertor an, das riesig und von prächtiger

Schmiedearbeit war, und genug über das Anwesen sagte, das, wie ebenfalls nicht anders zu erwarten, groß und sehr beeindruckend war. Entsprechend führte vom Tor eine baumbestandene Allee zum Prachtgebäude, das, aus dem Anschein zu schließen, nach dem Kriege 70/71 in Neobarock errichtet worden war (nix Jugendstil, wie der Wirt meinte). Gerade wollte Holubek sich einbilden, der Adenauer werde vor dem Eingang der Villa anhalten, als der Chauffeur den Wagen mit einem scharfen Ruck um die Ecke führte, und vor einem Nebeneingang zum Halten brachte. Insoweit war Holubek klar, daß ihm niemand die Türe öffnen würde, nicht einmal ihn zum Aussteigen auffordern. So öffnete er, während der Chauffeur sich schon alert aus dem Gefährt geschwungen hatte, die rechte hintere Tür, und mühte sich, ein halbwegs ansehnliches Aussteigen aus dem Adenauer hinzukriegen, wobei er wußte, daß er in denselben nie mehr wieder würde einsteigen dürfen. Kaum hatte er das geschafft, gab der Chauffeur Anweisungen. „Da wären wir. Und für Sie ist es die Endstation, genauer gesagt, für Dich, denn von nun an wirst du Weisungen von mir erhalten. Ich bin dir vorgesetzt, und falls es, was ich für unwahrscheinlich halte, sich ergeben sollte, daß die Herrschaft für dich persönlich Anweisungen erteilt, irgendwelche Arbeiten betreffend, so werden diese durch meinen Befehl übermittelt." Damit wies er mittels höhnischer Handbewegung auf den Nebeneingang. Mehrere Stufen führten zu einer Tür hinunter, hinter der wohl eine Souterrain-Wohnung lag. Holubek stieg, leicht beklommen, die Stufen hinab, öffnete die Tür, und betrat einen Gang, der im Halbdunkel lag; und beträchtlich muffelte.

Der Chauffeur folgte auf den Fersen. Das war Holubek nicht nur unangenehm, es war ihm nun klar (es, es und wieder es) geworden, mit dem Eintritt in dieses

Souterrain, daß er, solange er das Haus, in welchem er eben angekommen war, nicht würde verlassen können (sollen, dürfen etc.), dem Beförderer unter–und nachgeordnet wäre; der Lakai eines Lakaien sein, ein Umstand, welcher jeder Art von Daseinsanalyse gewiß schnuppe ist. Um die Gegebenheit des Um–und Zustandes zu notifizieren, sprach der Beförderer mit seinem militarisierten Chauffeurton von hinten auf ihn ein, damit sich über Holubek keine Wölkchen von Illusion senkten. „Gärtner, das ist deine neue Bleibe."–„Das wäre ja noch schöner", antwortete Holubek, trotz aller Beklommenheit, „hier muffelt es, um nicht zu sagen, es stinkt."- „Das kommt daher", erläuterte der Beförderer, „daß wir uns in den Kellerräumen des hohen Hauses befinden, übrigens nur in einem sehr kleinen Teil derselben. Hier, in dieser Abteilung, in welcher wir uns befinden, ist der Kartoffelkeller. Außerdem wird da noch manch alter Kram gelagert. Dich veranlaßt es dazu, zu behaupten, es muffele, und ich sage dir, mir ist das gleichgültig, denn ich wohne nicht hier. Du hingegen, du wirst hier deine beste Zeit verbringen."

Damit ging er zurück zur Türe, machte vor ihr einen kleinen Schwenk nach links, und ging auf eine weitere Türe zu, öffnete sie, und sagte, fast freundlich, hier sei die Wohnung des Gärtners. Der Vorgänger sei vor kurzem desertiert, weil ihm, wie er auf einem zurückgelassenen, schmutzigen Zettel vermerkte, ganz fad sei, er sich hier langweile, und die Arbeit keine Herausforderung für ihn. „Solche Probleme", sagte der Beförderer, indem er Holubek einen kräftigen Klaps auf den Hintern gab, „wird mein neues Häschen bestimmt nicht haben. Oder?"- Holubek war empört (du darfst es ruhig glauben, liebster aller Leser), und fauchte: „Häschen? Ich darf wohl doch bitten!"- „Häschen oder Bürschchen, Gärtner oder Feger, Blumen - oder auch

Bodenpfleger, was soll´s, es kommt nicht auf die Worte an. Worte sind zwar nicht in jedem Fall Schall und Rauch, aber in manchen Fällen besser als eine Tracht Prügel."

Holubek hatte sich inzwischen in dem Raum umgesehen, der von nun an „sein" Zimmer sein sollte. Es war wohl ein ehemaliger Kohlenkeller. Die gekalkten Wände waren fast vollständig mit schwarzem Staub überzogen, der mit dem Putz verwachsen schien. Immerhin muffelte es hier anders. Der Raum war nicht feucht, und es gab sogar zwei Fenster, von denen aus Kieswege und, etwas weiter entfernt, Blumenrabatte zu sehen waren. Damit handelte es sich hier um ein Eckzimmer, zwar unterhalb des Bodenniveaus gelegen, und glücklicherweise nicht unterhalb des Meeresspiegels. Dieser Raum war karg ausgestattet, mit einer Schlafpritsche, einem kleinen Tisch mit Stuhl davor, und einem emaillierten Wasserbecken an der Wand, und dem entsprechenden Wasserhahn dazu. Es gab keinen Schrank für Kleidungsstücke, und keine sonstigen Bequemlichkeiten. Ein Elektroofen sollte im Notfall für die notwendige Wärme sorgen. Neben dem Bett stand eine Kiste, die als Nachttischen dienen mochte. Darüber war eine zweite Steckdose. Diese war mit einer Leselampe verbunden. Welcher Luxus, dachte Holubek, mein Vorgesetzter, der nicht eben nach Bildung aussieht, scheint immerhin– oder täusche ich mich, mal wieder–an das Wohl seiner Mitmenschen zu denken, falls man einen Untergeben in diese Rubrik einordnen darf.

„Und hier soll ich wohnen! Das ist unter aller Kanone. Ich habe schon Besseres in meinem Leben gesehen!"- „Gesehen, gewiß", antwortete ungerührt der Beförderer, „und wie lange ist das her? Und warum ist es nicht mehr? Warum, mein Häschen, siehst du das jetzt nicht mehr. Hä!"

Holubek drehte dem Beförderer eine Nase und wandte sich zum Gehen. „Halt! Hiergeblieben! Du glaubst wohl, du könntest dich so einfach vom Acker machen. Die Arbeit hat ja noch gar nicht angefangen. Und du wirst erst gehen, wenn sie getan ist. Verstanden!"- Holubek nahm seinen letzten Rest von Mut zusammen, versuchte einen ironischen Tonfall in seine Stimme hineinzuschmuggeln, und sagte: „Und wann, bitteschön, soll das sein?"- „Das wirst du schon merken, wenn es so weit ist." Es, es und immer wieder es, dachte Holubek, aber nicht daran, dem Beförderer diesen Gedanken zu vermitteln. Statt dessen sagte er, aus seinem tiefsten Seufzer heraus: „Ich habe verstanden. Am Sankt Nimmerleinstag. Wenn der gnädige Herr geruhen, eine menschliche Laune zu haben."- Diese Bemerkung gefiel dem Beförderer nicht. Er bekam Glubschaugen, und fuhr seinen Untergeordneten an (sollte es nicht, um genau zu sein, besser heißen: Abgeordneter?): „Launen haben Weiber! Ich hingegen erfreue mich einer rationalen Vorgehensweise. Ist dir das noch nicht aufgefallen?"-„Wenn du mich Häschen nennst, verstehe ich nur Bahnhof."-„Da haben wir`s", höhnte der Beförderer, „Bahnhof, davon träumst du wohl am liebsten. Was anderes hast du nicht im Kopf. Abhauen willst du, das ist alles. Hä!"

„Ja", sagte Holubek, „du hast völlig recht." Zu seiner größten Überraschung bekam der Beförderer keinen Wutanfall. Er war völlig damit beschäftigt, seinen Ab- oder Untergeordneten höhnisch anzuschauen Es war wohl so, daß diese Art von Kommunikation viel Energie erforderte, und den ganzen Mann in Anspruch nahm. Er fuhr daher fort: „In der Tat. Ich habe nichts anderes im Kopf. Wozu wohl habe ich meinen Kopf."- „Ich will hoffen", sagte sofort, immer noch darauf bedacht, sein höhnisches Grinsen beizubehalten, der Chauffeur, „daß er sicher auf deinen Schultern sitzt, und du nicht auf den Gedanken verfällst, bei Leuten vorbeizukommen die darauf bedacht sein könnten, ihn dir abzuschlagen."- „Da kann ich dich gerne beruhigen (das duzen schien weiterhin zu funktionieren), ich habe diese Zeitgenossen schon so oft gesehen, daß ich sie drei Kilometer gegen den Wind erkenne. An ihrem Geruch. Sie riechen nach Anstand und Gerechtigkeit. Wie alle Menschen, die zu viel Zeit am Tag auf dem Klo verbringen."- „Bravo, mein Hase. Du denkst also mit der Nase. Nicht schlecht. Aber du kannst nun einmal nicht verbergen, was du in dem Kopfe hast, es umwälzt, und fortlaufend häßliche Gedanken entstehen. Gedanken z. B., die sich mit Bahnhöfen befassen, mit Abhauen, wie halt alle Feiglinge."- „Da du, mein Löwe, ein Mann von rationalen Grundsätzen bist, wird dir eines nicht entgangen sein: Die Tapferen leben nicht lange. Entweder fallen sie- klatsch- im Sumpf des Krieges, oder auf dem Linoleumboden der Verheiratung. Manche werden auch Regierungschef oder Professor der Elektroindustrie."- „All diese Probleme", antwortete der Beförderer, den Holubek ungestraft einen Löwen genannt hatte, „habe ich nicht (er betonte das 'ich' sehr dick). Höre! Ich bin ein Chauffeur, und damit basta. Allerdings nicht bei irgendwem! Nur höheren Ortes."

Endlich war man auf den Punkt gekommen, der Holubek brennend interessierte, und so packte er die Gelegenheit am Schopf, etwas über seine neue Herrschaft zu erfahren. Vergebens. Der Beförderer derselben machte einen schmalen Mund, und versuchte, dabei noch oder damit zu lächeln, und flüsterte Holubek ins Ohr: „Das wirst du noch früh genug erfahren. Dienen macht klug. Außerdem weißt du das wichtigste ohnehin. Der Wirt wird es dir gesemmelt haben. Ich kenne ihn. Er kann sein Maul nicht halten. Außerdem denkt er schlecht über mich. Weil ich immer noch hier arbeite. Ich habe bessere Zeiten gesehen. Ja, auch ich. Aber was soll man machen. Die Zeiten, sie sind nicht so. Und sie ändern sich nicht. Kapiert?"

„Das", antwortete Holubek ohne Umschweife, „liegt in der Natur der Sache." - „Was soll nun das schon wieder heißen."–„Das heißt", sagte Holubek, „daß sich nichts ändert, auch wenn die Jahreszeiten wechseln!" – Der Beförderer war sichtlich enttäuscht. Er ruderte mit den Händen in der Luft herum, und sagte, indem er sich bemühte, optimistisch zu sein: „Dabei freue ich mich immer, wenn der Frühling kommt. Die Gefühle verbessern sich, und die Meisen fangen an, zu quietschen."– „Und im Sommer, mein Löwe, sitzt du immer noch in der selben Scheiße."– Der Beförderer wurde nun wütend, jedoch ohne rechte Überzeugung, und sagte: „Du kannst einem die schönsten Aussichten verderben. Allerdings, irgend etwas ist dran an deinem Gefasel. Ich bin vom Brunnenputzer zum Chauffeur aufgestiegen. Das ist wahr. Und daß ich das blöde Gefühl habe, ich hätte mich kaum von Fleck bewegt, das ist auch wahr. Also. Was soll ich tun, du Schlaumeier und Durchschauer aller Finsternisse, die am hellichten Tage in der Gegend herummarschieren, und einem das schönste Frühstück verderben können."–„Abhauen", sagte Holubek. Der Beförderer antwortete unwirsch: „Kommt nicht in die Tüte. Niemals. Nein!"

Damit packte er Holubek, zerrte ihn aus dem Raum hinaus, durch den Gang, und die Treppe hinauf ins Freie (wie man so sagt), über den Kiesweg bis zur Garage. An der Wand derselben stand eine abgebrauchte Holzbank. Hierhin mußte Holubek sich setzen, der Beförderer setzte sich daneben. „Nein", sagte er, „das kommt nicht in die Tüte. So wahr mir Gott helfe."–„Ausgerechnet der", höhnte Holubek. Aber der

Beförderer ließ sich davon nicht beeindrucken, und sagte: „Sieh` her, mein Häschen. Es ist doch so. Jesus ist der König im Himmel. Da beißt die Maus keinen Faden ab. Je schmutziger die Erde, um so höher der Himmel, und wer dort wohnt, der ist rein und gütig. Und damit wird alles ganz einfach. Du brauchst dir nur fest vorzunehmen, auch dorthin zu gelangen, und du bist gerettet. Kannst du mir folgen, mein Häschen?"–„Und du glaubst wirklich, da oben würde man nur auf dich warten? Ausgerechnet auf dich!"–„Gewiß. Ich weiß es. Ich weiß es, weil er mir ein Versprechen gab. Dieses Versprechen ist gültig, weil er es mit seinem Leben besiegelt hat. Er ist für mich gestorben. Sein Tod bedeutet mein Leben. Der Tod am Kreuz–du hast sicher mal davon gehört, mein Häschen–ist die Garantie der Erlösung, das Versprechen, mich zu retten, ein Versprechen, das eingehalten werden muß, weil der Tod erfolgt ist. Verstehst du? Es ist ein Vertrag!"

„Ja", sagte Holubek, „ich verstehe Bahnhof. Meine Erlösung ist der Fahrplan. Und du, du willst ja auch nur abhauen! Nur in eine andere Richtung. Oder!"–„Und du, mein überschlaues Häschen, hast auch keine Ahnung, ob Gott etwa einen Fahrplan hat; oder aber einfach so, nach Lust und Laune, vor sich dahin-wurschtelt. Hä!"

5.

Holubek nun hatte vom Beförderer besserer Menschen keine Aufklärung darüber erhalten, welcher Art seine Tätigkeit auf dem Anwesen würde sein sollen. So legte er sich erst einmal, in seiner neuen Behausung, auf einer wenig komfortablen Pritsche, zu einem Erholungsschlaf nieder, träumte schöne Träume, und wachte mit einem beträchtlichen Hunger am nächsten Morgen, etwas früher als sonst, auf, und überlegte, wie er wohl zu seinem Frühstück kommen würde.

Auf der Seite des Souterrains, in welcher er sich befand, war der Küchentrakt nicht untergebracht. Vielleicht gab es aber eine Verbindung von hier nach dort. Er suchte eine Weile herum, fand aber nur abgeschlossene oder vermauerte Türen. So blieb nichts anderes übrig, als aus seinem Kellerloch emporzusteigen, und einen andern Eingang zu suchen. Also begab er sich an die Oberwelt, ging um das hochherrschaftliche Haus herum, und entdeckte vor dem Haupteingang den Adenauer. Der Beförderer richtete etwas an den Scheibenwischern, und tat so, als hätte er Holubek nie gesehen. Dieser gab jenem zu verstehen, er sei auf der Suche nach seinem Frühstück. Ohne Erfolg. Der Chauffeur stellte sich taub, machte einen stummen Mund, und blickte in unsägliche Fernen.

Hier ist nichts zu machen, dachte an und für sich Holubek, und suchte auf der Rückseite Hauses nach einem Eingang, der zur Küche führen könnte, da er, auch nicht im kühnsten Aufschwung seiner Gedanken, damit hätte rechnen dürfen, das Frühstück würde ihm in dem ehemaligen Kohlenkeller serviert, etwa von einem ausgewachsenen Zimmerkätzchen, so wie es ideal von Paulette Dubost dargestellt wurde; man weiß schon, wo. Richtig fand er auch die gesuchte Tür, und wollte gerade die paar Treppen ins Souterrain hinuntersteigen, als schon ein fürchterliches Donnerwetter über ihn hereinbrach. Der Chauffeur hatte sich hoch oben, auf der Treppe, aufgebaut, weit aufgeblasen, und mit Autorität versehen. „Was", brüllte er den etwas tiefer stehenden Holubek, der schon die Hand auf den Türgriff gelegt hatte, an. „Sie haben keine Ordre erhalten, etwas zu tun oder zu lassen, sie haben heute überhaupt keine Befehle erhalten, keinen Hinweis und keinen Rat, gut oder schlecht. Jedenfalls von mir nicht. Und da die Herrschaften wie üblich niemals selber, in ihrer eigenen Person, Befehle an Lakaien erteilen, erfolgt ein solcher Vorgang nur durch mich, mich allein, weder aus der Küche noch vom Reinigungspersonal, oder gar von den Lieferanten, die nur mal kurz hereinschneien, um Ware abzuliefern. Alles klar!"

Hab´ ich´s mir doch gedacht, dachte Holubek, das Leben ist kein Schleckhafen, und hier, in der gegebenen Situation, daran zu denken, an irgend etwas, und sehe es auch noch so reizend aus (es, und wieder es, ja hört denn das nie auf), daran zu schlecken oder zu riechen, es würde alsbald, bei mir jedenfalls, zu einer Magenverstimmung führen, und so stieg er kurzerhand die paar Treppen hoch, trat vor den Chauffeur, und sprach: „Welche Laus, großer Löwe, ist dir heute morgen schon über die Leber gekrochen; falls es der Läuse bedarf, damit die Leber Schaden erleide."

Die Verwandlung, die nun den Chauffeur überfiel, erfolgte so rasch, daß selbst Holubek, der schon allerhand im Leben gesehen hatte, erstaunt war. Im Bruchteil der Sekunde war der Beförderer der besseren Welt tiefstrot angelaufen, nicht nur im Gesicht, auch an den Händen, und Holubek war sich sicher, daß es am Rest des Körpers auch so geschehen sei. Irgendwie schaffte es der Chauffeur auch noch, größer und weiträumiger zu erscheinen, vielleicht hatte er in seiner Uniform eine kleine Pumpe, mit der er sein Gewand aufzublähen im Stande war. Auch die Stimme schien eine außerirdische Dimension angenommen zu haben. Sie klang, als erschalle sie in einer großen und leeren Fabrikhalle. „Nichts da", konnte Holubek trotz des Getöses verstehen, „nichts da mit Löwen und anderen Tieren. Du wartest gefälligst, bis du von mir hörst, was zu tun sei. Und was zu lassen. Verstanden! Hä."

Holubek setzte das Gespräch des Vortages fort, indem er bemerkte: „Ich verstehe nur Bahnhof. Aber das wissen sie ja, mein Herr vorgesetzter Chauffeur, zur Genüge. Und mein Fahrplan für den Augenblick ist ganz einfach. Ich will mein Frühstück haben. Sofort."

Der Chauffeur verstand nichts mehr von Bahnhof oder anderen Abfahrtsorten, er hatte auf stur, d.h. auf Vernunft gestellt, und machte sie sofort praktisch, indem er brüllte, mit einem derart hochrot gefärbten Kopf, daß er einem Siemens-Martin-Ofen leicht hätte Konkurrenz machen können: „Ohne Arbeit kein Essen."– Darauf, ohne Zögern, Holubek: „Falsch! Es heißt: Ohne Frühstück kein Arbeitsbeginn. Das weiß jedes Kind. Und selbst ein Erwachsener sollte das kapieren. Oder!"- Holubek wandte dem wütenden Beförderer der besseren Welt den Rücken zu, hüpfte von einem Bein zum anderen, und gelangte so zurück in seine neue Bleibe. Darauf hin geschah nichts bis zur Mittagszeit. Holubeks Hunger hatte inzwischen zuge-nommen, und so versuchte er wieder, in die Küche zu gelangen. Diesmal war kein Chauffeur zu sehen. An seiner Stelle tanzte nun das Töchterchen des Hauses vor seiner Nase herum. Sie bewegte sich in der denkbar höchsten Stufe von Obszönität, und setzte damit die herrschaftliche Villa in einen seltsamen Kontrast zu sich; tatsächlich aber war es (mal wieder es) genau umgekehrt, das schöne Haus schien an Substanz zu verlieren, das Aussehen zu ändern, und in einem gänzlich anderen Lichte zu erscheinen. „Sehr schön", sagte Holubek, „ich kenne die Aufführung", und stieg die paar Stufen zur Küche hinab. Als er die Tür erreichte, wurde er mit einer Handvoll Kies beworfen, und machte keinerlei Anstalten, darauf zu reagieren, empört zu sein, oder sich gar Gedanken über die Ursachen einer solchen Handlung zu machen. Er öffnete die Tür, und betrat endlich die Küche. Er war erfreut. Was er sah, war fast so etwa wie eine kleine Hotelküche, mit der auch Walterspiel hätte zufrieden sein, und darin arbeiten können. Und es roch gut. Eine kleine Brigade, ein Koch, eine Köchin und eine tüchtige Hilfskraft, war am Werk. Holubek strahlte über das ganze Gesicht, sagte artig einen schönen guten Tag, setzte sich an einen kleinen Tisch, der nicht für die Küchenarbeit benützt wurde, und fragte, ob er denn etwas von den herrlichen Speisen abbekommen könne, eine Art zweites Frühstück. Die Köchin, die mit der Zubereitung einer Süßspeise beschäftigt war, sagte kurz angebunden: „Dein Frühstück kannst du dir selber zusammenbasteln. Auf der Anrichte neben dir findest du alles, was du brauchst. Von mir bekommst du, falls du das auf den leeren Magen verträgst, einen Teller Consommé double. Eier kannst du am Rande des Herdes braten, den Kaffee machst du selber, und das Brot fällt dir automatisch ins Maul. Aber eins kann ich dir sagen. Die Verantwortung für dein Frühstück übernehme ich nicht, ich meine, wenn der Chauffeur etwas davon erfährt. Dann mußt du zusehen, wie du dich rechtfertigst. Ich jedenfalls werde

45

für dich keine Prügel einstecken. Alles klar?"–„Bestens",
sagte Holubek, „und vielen Dank für Speis und Trank.
Ich werde Sie gegen den Wüterich verteidigen." Holubek bereitete sein Frühstück, und machte es sich
hernach gemütlich beim Essen.

„Das ist gar nicht so einfach", fuhr die Köchin fort,
und der Koch ergänzte: „Wirklich, es ist nicht einfach,
sich gegen den Herrn Chauffeur durchzusetzen."–
„Das", sagte Holubek, „habe ich bereits bemerkt. Es
fing damit an, daß er mich wie einen Sklaven zur Arbeit,
hierher in dieses hohe Haus, quasi entführt hat. Er hat
auch nicht gesagt, was ich hier eigentlich tun soll, und
auch sonst keine Erläuterungen gegeben.- „Manchmal
ist er ganz nett", sagte die Köchin, „aber dann hat er
wohl geschnupft." Und der Koch ergänzte: „Aber wenn
er nicht high ist, dann gnade Gott." Holubek ließ sich
das Frühstück von gegebenen Perspektiven nicht
verleiden, fragte aber vorsichtshalber: „Ist dieser
Chauffeur denn so mächtig? Schließlich ist er nichts
weiter als ein Angestellter, der seiner Herrschaft zu
Willen zu sein hat. Sollte man meinen..." – Die Drei von
der Küchenbrigade grinsten, und die Gemüsefrau, die
gerade die Pastinaken zurechtmachte, sagte: „Sollte man
meinen. Aber was heißt das schon. Ich gebe dir ein
Beispiel. Wie du siehst, bereiten wir ein Menu, das allen
Regeln der Kunst entspricht, und ohne weiteres von
einem Gouffé abgesegnet würde. Aber du kannst dir
nicht vorstellen, in keiner Weise, welches Schicksal auf
unsere Arbeit wartet."–„Nun" sagte Holubek, „ich kann
es mir denken. Die Herrschaften werden das Menu zu
sich nehmen, ohne ein Sterbenswörtchen zu verlieren,
weder heute, noch gestern, noch morgen." – Die Drei
brachen in Gelächter aus, und der Koch sagte prustend:
„Weit gefehlt. Es wird weggeworfen. Einfach so. Ab in
die Mülltonne. Niemand darf etwas davon essen, wir

nicht, die anderen Angestellten im Hause nicht, und nicht einmal der Herr Chauffeur darf sich darüber hermachen. Alles für die Katz. Und wir selber, wir dürfen nur ein einfaches Essen zu uns nehmen, dessen Zubereitung vom Chauffeur kontrolliert wird."–„Und die Herrschaften selber", wollte Holubek wissen, „essen die denn gar nichts?" Der Koch sagte traurig: „Man sieht, du kennst die Verhältnisse nicht. Und so kann ich dir nur raten, dieses Haus schleunigst zu verlassen. Sonst wirst du noch deine Wunder erleben. Ob du sie überlebst, das ist was anderes."

6.

Holubek hatte schon früh am Rande seiner Existenz gelebt. Damit erging es ihm, mit leichten Variationen, nicht viel anders, als den meisten Erdenbürgern zarten Alters, mit dem kleinen Unterschied, daß er sich, noch nicht den kurzen Hosen entwachsen, fragte, ob das denn so sein müsse, ob es (es, es, immer wieder es) der Wille Gottes sei, der ihm Sonntags während des Hochamtes und der Nachmittagsandacht entgegengehalten wurde, ob es ein Gesetz gebe, das den Geruch von Pflicht und Fäkalien in der Luft rechtfertige.

Jetzt saß er in der Villa eines vornehmen Herrn fest, den er seit seinem Dienstantritt, dem, zu welchem ein Chauffeur ihn geschleppt hatte, der behauptete, im Dienst dieser Villa zu stehen, noch nicht gesehen hatte, und war nicht viel schlauer, als zu den Zeiten seiner Lebensanfänge. Je älter er wurde, um so weniger wußte er, wo der Bartel den Most und andere schöne Dinge versteckt hatte, und dafür insofern die Rechnung, weiß Gott von wem, erhalten hatte, als er auf einem hundsgewöhnlich Wege nicht vorwärts kam, überall erst nicht gerne gesehen war, dann gänzlich übersehen wurde, und es immer wieder schwierig geworden war, ein Bier zu trinken, oder eine Zeitung zu lesen.

Heut, allerdings, ging es um gewichtigere Dinge. Sollte er bleiben oder verschwinden. Bleiben, das hieß, sich Tag und Nacht der Gefahr auszusetzen, von der Willkür des Chauffeurs und den exotischen Auftritten des Töchterchens überschwemmt zu werden. Die Drei von der Küche waren zwar freundliche Zeitgenossen, aber er konnte nicht auf deren Schutz rechnen, da der Herr Chauffeur, weiß Gott, mit welchem Recht, eine Art von Oberaufsicht durchführte, und wenn schon der Herr Chauffeur sich Dreistigkeiten erlauben konnte, wie war es dann mit den Herrschaften selber bestellt?

Einen Kurzauftritt des Töchterchens hatte er schon erleben dürfen, und von der Gnädigen Frau war ebenfalls Exotisches zu hören, nicht aus dem Katechismus der Obszönitäten, sondern, vielleicht war das noch schlimmer, aus dem der hochmodernen Lebensweise, mit den prekären, feinsinnigen Gefühlslagen, Migränen und Seufzereien.

Ja, und erst der Herr des Hauses. Von dem wußte man gleich gar nichts genaues, und nicht einmal dieser Chauffeur konnte mit Informationen aufwarten, wo der doch jede Gelegenheit wahrnahm, sich aufzuspielen, in Szene zu setzen, und seine Bedeutung hervorzuheben. „Wie kann das wohl sein", fragte Holubek den Koch, „der Chauffeur fährt doch den gnädigen Herrn spazieren, zu Arbeit, oder sonst wie in der Weltgeschichte herum. Er muß etwas wissen. Vielleicht behält er es nur für sich. Aus Machtinstinkt. Um die Leute einzuschüchtern. Um seine Treue zu beweisen." - „Ach ja", antwortete der Koch, „nichts würde er lieber tun, als das alles. In Wirklichkeit jedoch hat er keine Geheimnisse, mit denen er Eindruck schinden könnte. Und es ist überhaupt kein Geheimnis, daß ihm nicht erlaubt ist, den gnädigen Herrn zu chauffieren." Da staunte Holubek, und sagte: „Wozu dann das Riesenauto, das ich den Adenauer nenne?"

Der Koch lächelte weise, die Köchin und die Gemüsefrau unterstützen ihn darin. „Hast du dir mal die Garagen näher angesehen", sagte die Köchin zu Holubek. „Nein", gab dieser zu. „Ich hatte dazu noch nicht die Gelegenheit." - „Die aber solltest du dir nehmen", sagte die Köchin, „und du wirst dabei eine merkwürdige Feststellung machen. Es ist so - das ist dir bestimmt aufgefallen-, daß die Garage enorm groß ist, und fünf Abteilungen umfaßt. Die erste Garage besteht aus zwei Räumen, groß genug, um zwei Automobile aufzunehmen. Es sind die des Herrn. Eines benutzt er für seine Tätigkeiten außerhalb, niemand weiß wo, und es steht meistens nicht in der Garage. Das zweite dient ihm während seines Aufenthaltes in der Villa, was allerdings nur selten vorkommt. Man kann es besichtigen, wenn der Chauffeur das Tor öffnet, und sich der Pflege des Horch widmet." -„Und in der zweiten Garage", fuhr die Gemüsefrau fort, „steht das Auto der gnädigen Frau. Manchmal unternimmt sie damit melancholische Ausfahrten, manchmal läßt sie sich vom Chauffeur fahren, wenn sie etwas zu erledigen hat, Einkäufe macht, oder Freundinnen besucht, in ihrem beigen Kapitän." - „Und in der dritten Garage", sagte die Köchin, indem sie mißbilligend das Gesicht verzog, „befindet sich der Flitzer des sehr gnädigen Fräuleins. Sie fährt grundsätzlich alleine aus, kommt aber öfters wieder mit ein oder zwei Kerlen zurück, und dann geht der Trubel los. Sie macht Party in ihren Räumen, daß alle Welt es hören muß. Fürchterlich!"

„Und", fragte Holubek, „was daran ist so schlimm? Lärm macht heute jeder Provinzdepp, der nicht weiß, wie er die aufgehende Sonne begrüßen soll." - „Ach", sagte die Gemüsefrau, „wenn es nur darum ginge. Bei unserem Gnädigen Fräulein ist alles anders. Sie treibt es mit den Kerlen, die sie anschleppt, nicht nur in ihren Gemächern, sondern überall, auf den Treppen im Hause, auf der Treppe vor dem Hause, in den Blumenrabatten, unter den Bäumen, unter den Büschen, überall. Ist so was zu fassen!" - „Nun ja", meinte

Holubek, „das sind die Vorrechte der vornehmen Herrschaften. Da haben wir nichts zu melden. Wir kochen und putzen, sie dagegen, die Vorgesetzten, leben ihr Leben. Das Glück ist im Schöpfungsplan nur für die besseren Herrschaften vorgesehen." - Der Koch machte ein finsteres Gesicht, schnaubte, und sagte: „Danke für Obst und Südfrüchte. Wenn das so ist, dann scheiße ich auf die Natur, und den Hohen Herrn, der sie geschaffen hat. Bei dem Scheißspiel mache ich nicht mit. Nein! Ich nicht." Er setzte sich vor Erschöpfung auf einen Hocker. Holubek lächelte, und sagte: „Und womit, cher ami, willst du deine Brötchen verdienen." Der Koch seufzte tief, und verband den Seufzer mit diesen Worten: „Das, allerdings, ist eine Frage. Und sie ist noch nicht beantwortet. Wer aber die Antwort findet, der bekommt von mir den schönsten Schweinsbraten, mit Knödln und Krautsalat, den die Welt je gesehen hat."- Die anderen in der Küche klatschten heftig Beifall, und Holubek sagte: „Dafür wird sich jede Mühe lohnen. Bekanntlich ist die größte Mühe des Menschen, um es einmal recht marmormäßig zu sagen, nicht die Arbeit selbst, sondern daß sie frei sei."

Damit verabschiedete er sich von der Küchenbrigade, stieg die Treppe hoch, die zum Anwesen hinauf führte, an der Rückseite der Villa, begab sich vor den Vordereingang, und sagte zu sich, nun gut, einige Tage werde ich noch bleiben, um zu sehen, wer wen hintergeht, der Frosch das Wetter, oder das Wetter den Frosch. Und zuerst einmal muß ich mir einen Überblick über das Gelände verschaffen, auf welches ein finsterer Beförderer besserer Herrschaften mich verschleppt hat; und wozu? Daß ich für ihn arbeite, für seine Herrschaft, oder für Himmelslohn und das Lächeln von Sirenen und Medusen? Einmal, am besten in der nächsten Zeit, müssen die Verhältnisse geklärt werden, in welchen ich aktuell mich befinde. Wie auch immer. Schließlich kann ich mich nicht einfach in eine Kutsche werfen, und dem Postillon den Weg nach Rom angeben.

Holubek schlenderte in dem großen Park umher, der die Villa umgab, und im englischen Stil mit größtem Bedacht angelegt worden war. In einer Ecke des Parks befand sich ein Sallettel, das groß genug war, um für Tanzveranstaltungen in kleinem Kreise zu dienen, auf einer kleinen Anhöhe hinter der Villa ein Pavillon, um Tee und Schokolade einzunehmen, und leichte Konversation zu pflegen. Außerdem sah Holubek noch auf der vorderen Seite des Anwesens, das zum Tale hin abfiel, ein kleines Gebäude ohne Fenster, und mit einer schmalen Tür, die so niedrig war, daß man eigentlich nur kriechend hineingelangen konnte. Aber zu welchem Zweck? Holubek ließ die Frage gleich wieder fallen, um sich einer anderen zuzuwenden, die mehr Hand und Fuß zu haben schien. Ich bin zum Zweck der Gärtnerei hierhergebracht worden, sehe aber keinerlei Möglichkeit, mich entsprechend zu betätigen, denn hier ist alles in perfektem Zustand, ganz so, als würde eine Kolonne von Heinzelmännchen in der Nacht alle Arbeit verrichten, die dem Park das gewünschte Aussehen verleiht. Ob es die Gnädige Frau war, die in aller Stille die Arbeiten dirigierte? Oder war es der Herr des Hauses, den man fast nie zu Gesicht bekam. Vielleicht dirigierte er von seinem großen Automobil aus all die erwünschten Arbeiten, wenn er über die Lande fuhr, Geschäfte machte, und seinen Wohlstand vermehrte. Von mir aus, sagte zu sich unser Holubek, soll er doch, er wird schon wissen, was er will. Und da es hier in aller Offensichtlichkeit keine Arbeit zu verrichten gibt, werde ich mir etwas anderes einfallen lassen müssen.

Er begab sich zu einem Geräteschuppen, der neben dem Garagenkomplex stand, fand die Tür offen, trat ein, und fand, was er suchte; einen schönen, breiten Holzrechen. Den nahm er beherzt in die Hand, ging aus dem Schuppen hinaus, und fing an, den Kies zu rechen, der in einer weiten Fläche um das Haus herum aufgetragen war, und den breiten Kiesweg, der zum Ausgang führte. Holubek ging mit aller Ruhe ans Werk, und legte es darauf an, Muster in den Kies, der, wie nicht anders zu erwarten, aus makellos weißen Steinchen bestand, einzuschreiben, oder hineinzudrücken, ihm jedenfalls ein Gesicht zu verleihen, wie es die Mönche im Ryôanji taten. Damit war er eine ganze Weile beschäftigt, und ließ es sich zudem einfallen, die Muster, die er dem Kies verliehen hatte, wieder auszulöschen, und mit anderen Figuren zu versehen, so lange, bis die Sonne zu sinken begann, und er Grund hatte, in die Küche zu gehen.

Niemand war zu sehen, alles war aufgeräumt, und nichts deutete darauf hin, daß demnächst jemand auftauchen würde, um Holubek ein solides Abendessen hinzustellen, damit er es, wie die gebratenen Tauben, die einem in den Mund fliegen, zu sich nehme. Um, den Umständen entsprechend, aus der Verlegenheit herauszukommen, sann er darauf, sich die Mahlzeit selber zu bereiten. Er kramte in den Schränken herum, und hatte bald genug Ingredienzien gefunden, um den vorhandenen Hunger zu stillen. Soll ich, dachte er bei sich, nun auch noch ein Zwischenschläfchen halten, oder mich als tätige Person erweisen. Er entschied sich für die weitere Inspektion des Geländes.

Holubek nahm seinen Rechen wieder auf, ging zum Geräteschuppen, und nahm dort noch eine Hacke und eine Schere auf. Schließlich, sagte er sich, wurde ich hierher gebracht, um ein Gärtner zu sein, und als solcher werde ich mir nun den Zaun genauer ansehen, der das Gelände umgibt. Er hatte zwar noch nichts davon gesehen, war aber sicher, daß dieses exquisite

Grundstück sicher mit einem Gehege würde umgeben sein müssen. Das Interessante aber an einem Zaun ist die Öffnung. Dessen Lage hatte er, während er die Kieswege artistisch rechte, in seiner geographischen Lage schon einigermaßen genau bestimmen können. Das Tor lag, stand man vor dem Haupteingang der Villa, auf der linken Seite in nordwestlicher Richtung. Er legte eine muntere Melodie auf die Lippen, und ging in diese Richtung. In kaum drei Minuten–da kann man einmal sehen, wie groß diese Anlage ist–war er dort angelangt. Und staunte nicht schlecht. Das Tor war ein großer Bogen aus gelbem Sandstein, fast so groß wie der Eingang zu einer Burg, und das Dumme dabei war, daß Holubek sich nicht erinnern konnte, das Monument bei der Einfahrt in das Gelände wahrgenommen zu haben. Hatte er etwa geschlafen, war er betäubt, oder stand sonstwie neben der Mütze? Jetzt nun bemerkte er etwas, das er bislang übersehen hatte; über dem Eingang standen, inwendig, in verblaßter Schmuckschrift, in schön geschwungenen Bögen, die Worte Casa Losca.

Während er darüber nachdachte, ging er am Zaun entlang, der nicht, wie sonst bei dieser Art von Grundstücken, aus schwerem Maschendraht bestand, der am unteren Ende in die Erde eingelassen ist, sondern eher das Aussehen eines Palisadenzaunes hatte, dessen Elemente ihn an etwas erinnerten. An die spitzen Stöcke der munteren Wanderer!

Er ging zum Tor zurück, um seinen Fuß auf die Privatstraße außerhalb der Umzäunung zu setzen. Kaum war ein Fuß draußen, da tönte schon eine Stimme aus der Lautsprecheranlage am Tor, das merkwürdigerweise nicht durch ein schmiedeeisernes Gitter verschlossen war, nicht durch ein fahrbares Stahltor, oder eine ähnliche Schließvorrichtung. Die Stimme kannte Holubek nicht. Sie war männlich, stammte aber nicht vom

Chauffeur. Die des Hausherrn konnte es auch nicht sein, sein Wagen stand weder vor dem Haus, noch in der Garage. Vielleicht war es jemand vom Personal in der Villa, den er noch nicht zu Gesicht bekommen hatte. Wer auch immer es sein mochte, es kaum auf die Worte an, die auf Holubek niedergingen: „Hier wird nicht ausgetreten! Hier tritt man ein. Und basta!" - Schon verstanden, sagte sich Holubek, und zitierte, für sich, den allseits bekannten Satz, mit welchem, hier, in diesen unseren (unsärren) zivilisierten Ländern, die frischen Erdenbürger begrüßt werden: „Lasciate ogni speranza voi ch´entrate".

Holubek, der einen Satz rückwärts gemacht hatte, als er die Stimme hörte, war neugierig, herauszufinden, ob bei einem zweiten Versuch der Stimme von Oben etwas anderes einfiele. Kühn setzte er wieder einen Fuß auf die unsichtbare Grenzlinie unterm Torbogen. Diesmal ertönte keine Stimme. Dafür wurde ihm ein anderer Verweis erteilt. Er erhielt von diesem verflixten Torbogen einen elektrischen Schlag. Das reichte für´s erste. Er nahm sein Gartengerät, das er beim Ertönen der Stimme hatte fallen lassen, wieder auf, ging den fein geharkten Kiesweg zurück, zum Geräteschuppen, dann hin zu der Lagerstätte, die der Chauffeur angewiesen hatte, und legte sich auf die Schlafpritsche; und hatte keinen Zweifel, daß er wichtige Überlegungen anstellen müsse. Dabei ging es um einen Gedanken, einen einzigen, aber was machte das schon, sagt man doch, Philosophen dächten immer nur einen Gedanken. Für Holubek bestand dieser aus einem kurzen und nackten Wort: Raus! Raus hier. Sofort. Aber da wir wissen, daß Holubek zwar Anfälle von Kühnheit besaß, gelegentlich, ansonsten aber eine Schlafmütze war, zuckte er sogleich wieder zusammen, so sehr, daß ihm das Herz klopfte in seinem Leibe, und er bekam eine nachhaltige Angst vor der eigenen Courage. Allerdings, das alles half nicht viel, es half nicht weit. Es halfen, einmal mehr, nur noch Schleichwege, um auf Gedanken zu kommen, die ihm nicht entgegen kommen wollten; es halfen jetzt nur noch Sprünge. Und somit, um etwas für sich und auch seine kommenden Entscheidungen zu tun, setzte er die Gedankenarbeit im Schlafe fort.

Und wurde sogleich von schrecklichen Träumen heimgesucht. Muntere Wanderer mit spitzen Stöcken verwandelten sich in Wanderheuschrecken, über ihnen schwebten Fesselballone, an denen riesige Lautsprecher hingen, aus denen die ganze Landschaft mit fußtrampelnder Volksmusik beschallt wurde; und es dauerte nicht lange, bis alles kahl gefressen war. Damit war das Wandervolk, das die Gesänge mitbrüllte, die aus den Lautsprechern ertönten, noch nicht zufrieden. Mit der kahlen Fläche hatte etwas zu geschehen. Die ganze Menge machte kehrt, verwandelte sich in andere, riesige Insekten, die Holubek noch nie gesehen hatte, weder in Biologiebüchern noch in anderen Träumen, die maschinenmäßig, auf hohen, schwarzen und behaarten Chitinbeinen, über die öde Landschaft hinwegschritten, und diese dabei mit einer zähen, gallertartigen Substanz überzogen. Holubek wachte mit einem Erstickungsanfall und schweißgebadet auf. Es war später Abend geworden. Er wusch den Angstfilm ab, und ging wieder in die Küche, um etwas gegen den Hunger, der inzwischen kräftig gewachsen war, zu tun.

7.

Wenn einer, in all seiner Entschiedenheit, sein Unglück hinter sich läßt, da weiß er noch lange nicht, ob er nicht gerade auf dem besten Wege sei, dem nächsten in die Arme zu laufen, in eine Grube zu fallen, die er nicht unbedingt selber gegraben haben muß (dafür gibt es Leute, denen der nichtstaugende Wanderer durch Zuneigung, Familie oder Begierden verbunden ist), oder gegen eine Wand zu laufen, für deren Errichtung er selber, von seinem kargen Lohn, sein Scherflein abgezweigt, und für den guten Zweck gespendet hat. In eben dieser Lage sehen wir nun unseren Holubek, und wir müssen auch feststellen, daß niemand, keine Menschenseele, und auch kein anderer fahrender Geselle, sich in der Gegend herumtreibt, der ihm einen warnenden Ruf schicken könnte. Und das Schicksal, die dümmste aller Erfindungen, die im Verlauf der Menschheitsgeschichte gemacht worden waren, begab sich auf den Weg.

Als Holubek die paar Stufen zur Küche hinabgestiegen war, die Tür geöffnet hatte, und eingetreten war, war er wie vor den Kopf geschlagen. Es herrschte eine verwirrende Betriebsamkeit. Denn außer dem kleinen Küchentrio waren da noch eine ganze Menge von Chefs de Partie und Commis am Werk, ein Rôtisseur, ein Poissonier und ein Pâtissier. Vom Communard wurde er in eine Ecke geführt, und dort an einen kleinen Tisch gesetzt. Was das alles zu bedeuten habe, wollte er von dem Koch wissen, den er kannte, und erfuhr, noch heute in der Nacht werde, nach langer Abwesenheit, der

Herr des Hauses eintreffen, und eine Menge Gäste mitbringen, und es wäre für Holubek wohl am besten, sich für die Dauer des Festes, das eben vorbereitet werde, in seine Kellerecke zu verdrücken.

Das fängt ja gut an, dachte sich Holubek, als er sich davon machte. Wenn die Herrschaften feiern, darf man sich nicht sehen lassen, und die großen Entschlüsse schimmeln nur so vor sich hin. Aber vielleicht kann ich entwischen, während es in der Villa hoch hergeht. Für die Wagenkolonne wird man die elektrischen Wellen am Eingang abstellen müssen. Und das ist meine Chance. Und dieses prächtige Haus wird mich nicht wieder sehen. Mit dieser Überlegung war Holubek einigermaßen zufrieden, und ging auf Tauchstation. Er hatte in der Küche eine Flasche Bordeaux mitgehen lassen, und sagte sich, ich werde morgen, und wenn es sein muß in aller Frühe, weiter sehen.

Denkste. Kaum hatte er es sich auf dem Stuhl vor dem kleinen Tisch bequem gemacht, und angefangen, in dem Buch weiterzulesen, das er stets als eiserne Ration, die auch in das kleinste Reisegepäck paßte, mit sich führte, da wurde unsanft die Türe geöffnet, der Herr Chauffeur polterte herein, und sagte in dem militärischen Ton, wie ihn höhere Angestellte von sich zu geben lieben: „Nichts da! Hier wird nicht geschmökert. Wenn alle arbeiten, dann gibt es keine Ausnahmen, nicht einmal für einen Blödian und Taugenichts wie dich. Ich werde schon einen Job für dich finden, und wenn ich ihn dir aus der Nase ziehen muß."- Damit warf er ihm eine Art von Liftboy-Uniform zu, und sagte, vor Genugtuung triefend: „In fünf Minuten erwarte ich dich im Souterrain, neben der Küche, in dem Raum, wo sich die Bedienungen und Diener versammeln, wie aus dem Ei gepellt. Dort wird man dir eine Tätigkeit zuweisen, und wäre es auch nur die, stumm und dumm

in einer Ecke herumzustehen."–„Ich habe verstanden",
sagte Holubek, „in einer Livrée kann sich jedes Arschloch nützlich machen."- Der Chauffeur lief rot an, da er
aber eine Rolle für ihn vorgesehen hatte, mußte er
darauf verzichten, Holubek zusammenzuschlagen.

So war es Holubek nun doch gelungen, einen Blick in
die Villa zu werfen, um abermals–wie es sich für ein
schäbiges Opferlamm gehört, dem die Himmlischen die
Gabe des Vergessens nicht wollten zuteil werden lassen,
und welches die Irdischen durch ihr reine Anwesenheit
konsequent unmöglich machen–der Versuchung zu
erliegen, den Duft der schönen und höheren Welt
einzuatmen. Er fand sich alsbald an dem Versamm-
lungspunkt ein, den der Chauffeur ihm bezeichnet hatte.
Dort flatterte eine Art Majordomus, der einem
Häufchen von Bediensteten, die wer weiß woher, am
Ende aus dem Kaff unten im Tal, rekrutiert worden
waren (der Hausherr selber konnte sie wohl kaum selber
mitgebracht haben, so wie er es mit seinen Gästen tat)
Anweisungen einträufelte. Für Holubek hatte er keinen
Blick übrig. Als alle anderen ihren Aufgaben des Tages
und der Nacht entgegen geeilt waren, blieb Holubek
übrig, wie bestellt und nicht abgeholt, und der Majordomus blaffte ihn an, was er hier wolle. Der Chauffeur
habe ihn hierher gewiesen. Was der sich einbilde, sagte
süffisant der Anweiser, und wollte Holubek schon des
Hauses verweisen, als das Töchterchen die große Treppe
in der Vorhalle hinab arschte, und amüsiert die Szene
beobachtete.

„Der kommt mir gerade recht", sprach sie, oben von
der repräsentativen Treppe herunter, in einem schmutzigen, alles versprechenden Ton, „ich suche gerade
jemanden, oder einen Niemanden, der mir den Aschenbecher und die Zigaretten hinterher trägt." - Der Majordomus schnippte mit den Fingern, und tat so, als ob er

den ganzen Tag, einen Tag voller Pflichten und Aufregungen, nichts anderes im Sinne gehabt hätte, als dem Gnädigen Fräulein des Hauses diesen Wunsch zu erfüllen. Damit trat Holubek seinen Dienst an. Er stieg mit weichen Knien die Treppe hinauf, folgte dem Fräulein, das ihn in ihre Gemächer geleitete, wo es schwer nach einer ekelhaften Mischung teurer Parfüms roch, Kleidungsstücke überall herum lagen, die keinem Vorgang zuzuordnen waren, gewesenem oder kommendem, weder der Lust noch der Liebe, weder Schlaf noch Traum, weder Kommen noch Gehen. Holubek machte ein dummes Gesicht, und Griseldis (oder wie sie sonst noch heißen mochte), machte ihn mit einem Blick an, der alles verhieß; und an welchen sie gleich die passende Liste von Strafen heftete, die sie sich in ihrer Vornehmheit ausgedacht hatte.

„Willst du ewig hier herumstehen, weißt du denn nicht, was du zu tun hast!" Und damit zog sie aus einem Haufen Unterwäsche, mit welcher ein falscher Louis XV Sessel überhäuft war, ein tragbares Tablett hervor, von der Art, wie es Zigarettenmädchen in amerikanischen Filmen, die Szenen mit verruchtem Nachtklub beinhalten, mit kurzem Röckchen und Nylons mit Nähten, die nach oben weisen, umhertragen. Mittels eines Trageriemens legte Griseldis diese tragbare Zigarettenbar, die, in Vertiefungen, mehrere Aschenbecher und diverse Sorten von Zigaretten enthielt, ihrem eben erst erworbenen Diener schroff um den Hals, ohne die Gelegenheit auszulassen, mit der Nähe und Wärme ihres Körpers in die Atmungswege desselben ganz tief einzudringen.

„Das fängt ja mal wieder gut an", sagte Holubek, indem er versuchte, den Blick des Fräuleins auszuhalten, und so zu tun, als hätte er schon schlimmere Frondienste und Sisyphosarbeiten verrichtet. Den lässigen

Gefolgsmann wollte er spielen, dem gar nichts etwas anhaben kann. Den Satz, mit dem er die Einweihung seines neuen Jobs hatte kommentieren wollen, hätte er besser nicht gesagt, denn einmal trat ihm das Fräulein feste ans Schienbein, zum anderen bemerkte er, daß der Riemen, an welchem die Zigarettenbar befestigt war, inwendig mit Stacheln besetzt war, winzigen, aber eben ausreichend, um bei dem Erfüller seiner neuen Pflichten keine falschen Hoffnungen aufkommen zu lassen; oder gerade erst recht. Verflixt, dachte bei sich Holubek, daß ich auch immer in diese selbe Situation geraten muß. Vor kaum einer Stunde war ich heftig damit beschäftigt, einen Plan in die Wirklichkeit zu überführen, der in eine ganz andere Richtung zielte. Diese war, da biß keine Laus einen Faden ab, mit seinem jetzigen Aufenthaltsort nicht vereinbar. Ach ja, sagte er sich, mit der Geographie hatte ich immer meine Schwierigkeiten.

In diesem Augenblick tritt ihm Griseldes gegen das andre Schienbein. Holubek setzt sich in Bewegung, und will den Raum mit der dicken Luft sofort verlassen. Denkste. Sie fauchte ihn an, hieß ihn, mit gehörigem Abstand hinter ihr her zu gehen, und die entsprechende Haltung einzunehmen. Dann ging sie hocherhobenen Hinterns aus ihrem Schlafgemach, und lenkte ihre Schritte dem Festsaal zu, in welchem der Hausherr seinen Gästen reichlich aufgetischt hatte. Die Dienerschaft war gerade dabei, den zweiten Gang anzureichen, und von der Kredenz an der Rückseite des Saales neue Flaschen auf die langgestreckte Tafel zu bringen, wo eine bunte Gesellschaft sich in bester Verfassung befand. Ein Platz war noch frei geblieben, natürlich für das Gnädige Fräulein des Hauses. Ein Diener rückte ihr den Stuhl zurecht. Griseldis setzte sich, hoch triumphierend, als würde die ganze Veranstaltung allein für sie, und sonst niemanden, durchgeführt. Sie rückte sich auf ihrem Sitz zurecht, befahl Holubek mit einem Blick, sich zu ihr zu verfügen, und wählte umständlich von dem Tablett, das Holubek in gekrümmter Haltung ihr darbot, eine Zigarette aus, und ließ die sich von einem Nachbarn anzünden, der einigermaßen, aufgrund der Aufführung Griseldis`, konsterniert war.

So nahm die Show ihren Anfang. Am oberen Ende der Tafel, die etwa ein halb Dutzend Gäste umfaßte, saß der Gastgeber, ihm gegenüber, am anderen Ende, die Dame des Hauses. Als Töchterchen Platz nahm, und neben den Gästen, die das Essen genossen, mit ihrer Qualmerei anfing, schlug sie Augen gen Himmel, in Murillo-Art, verdrehte sie, holte zu einem schweren Seufzer aus, und zeigte an, daß sie sowohl einer Empörung nahe sei, als auch tief betroffen von der unmöglichen Aufführung der Frucht ihres Leibes. Das löste bei derselben eine Reaktion aus, die Holubek genau beobachten konnte, der hinter ihr, aber in Distanz, neben der Kredenz mit den Aperitifs, Weinflaschen und Digestifs, an die Wand gelehnt, stand, denn er mußte den Servierkellnern genügend Raum lassen. Er war nicht überrascht, zu sehen, wie die Mechanik der Reaktionen sich in Gang setzte. Je mehr Empörung die Mama zeigte, um so heftiger tat die Leibesfrucht kund, ihr sei alles egal, sie könne machen, was sie wolle, habe ihr eigenes Leben, lasse sich von niemand, und am wenigsten von ihrem ehemaligen Fruchtbehälter, in die Suppe spucken, oder anderswohin. Indessen qualmte sie weiter, was die Zigarette hergab, und schaute den Bediensteten wütend an, der versucht hatte, ihr einen wirklichen Teller Suppe vor die Nase zu stellen, aus welcher heftige Wolken ausgestoßen wurden. Der Papa, unterdessen, kümmerte sich weder um die Aufsässigkeit des Töchterchens noch um die Empörung der Gattin. Er war gerade dabei, ein Geschäft einzufädeln, zum Schaden der anwesenden Damen, und zum Nutzen der Frauen, Töchter und Mätressen der beteiligten Geschäftsfreunde, die natürlich, wie die Natur eben so spielt, ebenfalls auf ihren Vorteil bedacht waren, womit die Mechanik, die sich rund um die Tafel bewegte, erst ihre kosmischen Rundungen erhielt. Kein Wunder, daß die Dame des Hauses angeekelt war, sich einer Migräne näherte, und zunehmend von weiterer Einnahme der köstlichen Speisen Abstand nahm. Griseldes, hingegen, kam nun erst so richtig in Schwung. Sie pickte ein wenig da und dort auf den Tellern der naheliegenden Herren herum, blies ihnen Rauch ins Gesicht, und weitete ihre Begehrlichkeiten weit über die Grenzen ihres Körpers hinaus aus, was nicht ohne Wirkung blieb, und die Geschäftsfreunde, die ihr zunächst saßen, und gegenüber, in die erwartete Erregung versetzte.

Die Tafel schritt ihrem Höhepunkt entgegen. Es wurde vorzüglich gegessen und noch besser getrunken. Das wußte Griseldes, und konnte die Vermischung ihres unsichtbaren Ausgriffes mit dem steigenden Alkoholpegel recht genau berechnen. Sie wartete nur darauf, daß die genervte Mama, die in der Blüte ihrer Jugend von dem nur geträumt hatte, was der Auswuchs ihres eigenen Leibes jetzt gerade in die Wirklichkeit umsetzte, abrauschte, unter Vorschützung von allen Unpäßlichkeiten, die einer Dame zustehen. Der Herr des Hauses war mit der Inszenierung des Abgangs vertraut, und äußerte sich besorgt, im Chor mit seinen Gästen, die nur zu gut wußten, welchen Unterricht ihre Gemahlinnen ihren Töchtern erteilten, während sie, die allseits Tätigen, hinter dem Geld her waren, und nicht nur dem. Dazu tat Griseldis alles, was sie nur konnte, und sie konnte sehr viel.

Zuerst waren die Herren, auf deren Tellern sie aufpickte, was ihr gefiel, etwas ungehalten ob des unge-

63

bührlichen Treibens, merkten aber bald, daß die Nascherei nur Teil eines Spieles war, und sie fingen an, mit der neckischen Diebin zu schäkern, Eindruck auf sie zu machen, um eine weitere Mechanik, das Konkurrenzspiel, in Bewegung zu bringen, mit dem Ziel, auszufechten, wer das erste Opfer der diebischen Elster würde sein dürfen. Der Alkoholpegel, und jener andere der Geschäftsmänner, nahm zu, und bald war der Augenblick gekommen, zu welchem, allgemein sichtbar, die Entscheidung fiel. Griseldis nahm sich zuerst den Herren, der zunächst ihres Vaters saß, und führte ihn bei der Hand aus dem Saal hinaus. Niemand kümmerte sich um diesen Vorgang. Die Unterhaltungen, und die Verknüpfungen der Geschäfte gingen weiter, ohne daß sich irgend jemand über irgend etwas gewundert hätte. Auch die Dienerschaft nicht. Anders Holubek. Er hatte dergleichen noch nicht erlebt. Na ja, er hatte bislang auch noch nicht das Glück gehabt, sich in den besseren Sphären der Gesellschaft bewegen zu dürfen. Dort herrschte eine ganz besondere Art von Ordnung, unser Holubek jedoch, der wußte noch nicht, nach welchen Gesetzen welcher Mechanik. Immerhin war er froh, daß Griseldis ihn nicht geheißen hatte, ihr mit dem Zigarettentablett zu folgen.

Nach einer halben Stunde kehrte sie zurück, tat so, als sei nichts gewesen, als habe sie nur mal eben in ihrer Handtasche gekramt, und holte sich den nächsten Kandidaten, irgend einen, wie es schien, doch war es auch so, daß so mancher der Gäste dem Augenblick entgegenfieberte, von der fliegenden Händlerin ausgewählt zu werden. Andere Gäste, alles beste Exemplare der aufgeklärten Geschäftswelt, waren weniger enthusiasmiert, machten anzügliche Bemerkungen, laut genug geäußert, daß ihr Gastgeber sie zu hören vermochte, und Anstalten, den Schauplatz der Ereignisse demnächst zu verlassen. Der Hausherr zeigte sich über das Verhalten seiner Gäste keineswegs verwundert, im Gegenteil, er überbot noch die an-bzw. auszüglichen Bemerkungen, lachte grob, und bemerkte, ein Geschäftsessen bedürfe gewisser Fiorituren. Als aber, nach weiteren dreißig Minuten (auf ein paar Sekunden kommt es nicht an) das Schmuckstück mit zerzauster Frisur und der Andeutung eines blauen Auges zurückkehrte, fand sich kein Freiwilliger mehr für die Fortsetzung des kostenlosen Nachtisches, was auch damit zusammenhängen mochte, daß dem einen oder anderen der geschäftstüchtigen Herren die Appetitlosigkeit der Dame des Hauses, während der Erledigung des Menüs, aufgefallen war. Die Tafel hob sich nun quasi von selber auf. Die Geschäftsfreunde verabschiedeten sich von ihrem Geschäftspartner, manche förmlich, andere herzlich, andere üblich. Der Saal lehrte sich. Die Dienerschaft räumte ab. Griseldis setzte sich, enttäuscht und mit einer Tendenz zu Vapeurs, an das Tischende, ihrem Vater gegenüber, auf den Platz, der zuvor von ihrer Mutter eingenommen worden war.

Holubek, obwohl er, an die Wand gelehnt, mehr oder weniger vor sich hindöste, hatte die Ereignisse natürlich mitbekommen, fast wie im Traume, also dergestalt, daß ihn das, was er gesehen hatte, sowohl an einstige Trauminhalte wie auch an vergangene Schnurren seines eigenen Lebens erinnerte, falls man im Falle Holubeks überhaupt und allgemein von Eigentumsformen sprechen kann. Sein Leben gehörte weder ihm selber, noch fand irgend ein Schwein auf Gottes schöner Erde Gefallen an ihm, und als er nun spürte, daß Griseldis, in Ermangelung eines Wesens von der Qualität der abgehauenen Geschäftsmänner, ihre seelischen Ausstülpungen nun in die Richtung des Lakaien lenkte, der eigentlich ein Gärtner hätte sein sollen, dem sie selber—

oh ja, Griseldis war sie selber—einen Bauchladen mit Zigaretten umgehängt hatte, erwachte der aus seinem diesigen Zustand, setzte sein bestes Lächeln auf, und machte sich vom Acker. Und auch hier handelte es sich um einen Gottesacker.

„Halt!", ertönte es mit soldatischem Klang, und traf Holubeks empfindsame Ohren. Es war nicht Töchterchens liebestolle Stimme, wie du wohl vermuten magst, desocupado lector, sondern die des Gastgebers, der allein zurückgeblieben war, den Ton gleich milderte, und das schattenhafte Wesen mit Bauchladen aufforderte: „Los, los. Komm mal her. Und bringe auch gleich eine Bouteille mit. Ich brauche Unterhaltung." Holubek wunderte sich, eingedenk der abgespielten Szenen, über nichts mehr, und als nun Griseldes auf ihn einzischte: „Hierher! Auf der Stelle!", da zog er es (es, es und wieder es) doch vor, der Stimme des Hausherrn zu folgen. Kaum gedacht, war´s nicht getan. Griseldis kreischte: „Das wagst du nicht. Hierher. Ich brauche eine Zigarette. Auf der Stelle. Sofort." Als Holubek Anstalten machte, sich in die falsche Richtung zu bewegen, steigerte sich das Kreischen zum Schreien, mit flehenden Untertönen. Das war das Alarmzeichen. Wenn die Geier gurren, das hatte Holubek bei einem indischen Philosophen gelesen, wird eine Mahlzeit vorbereitet. Die indische Weisheit wurde durch Griseldis` nächste Demarche abgesegnet, fundamentalontologisch, wenn man so will. Sie sprang von ihrem Stuhl hoch, der dabei auf den Rücken fiel, rannte auf Holubek zu, der immer noch mit seinem Bauchladen an die Wand gelehnt dastand, und trat ihm, als sie nahe genug an ihn herangekommen war, alle ihre beweglichen Teile wallen ließ, abermals heftig ans Schienbein, warf den Kopf zurück, ließ ihn wissen, er werde dafür büßen, und rauschte ab. Es dauerte nicht lange, und man hörte einen Motor aufheulen, und dann, wie das so ist, die im Kies knirschenden Reifen.

„Jetzt fährt sie in die Stadt hinunter, in das Kaff der Ebene, und sucht sich Ersatz für meine entschwundenen Freunde", sprach der Papa. „Wenn sie nichts findet, was schon mal vorkommt, da man ihre Vorlieben kennt, findet sie immer noch einen Strichjungen. Für Geld machen die alles." Holubek stellte den Bauchladen auf der abgeräumten Tafel ab, griff eine Flasche Château Léoville-Las-Cases, wohl wissend, daß man zu später Stunde keinen minderen Wein trinken sollte, und trottete auf das Ende des langen Tisches zu, dorthin, wo der Hausherr, immer noch in bester Verfassung, auf seinem Platze saß. Holubek stellte die Flasche vor diesen hin, und wurde, vielleicht doch etwas zu höflich, gebeten, sich neben den Hausherrn zu setzen, was Holubek folgsam tat, allerdings einen ganzen Stuhl weiter, was Herr Monticasino (er muß auch einen Namen haben, der Gute; Einwanderer in der fünften Generation; am Anfang Bahnarbeiter, dann kleiner Bauunternehmer, dann Steinbruchbesitzer, dann große Geschäfte, schließlich Finanzmagnat) mit einem mißbilligenden Lächeln quittierte. Holubek beharrte, mit einer hilflosen Geste, auf seinem Sitz, wohl ahnend, daß der Abend so schnell nicht würde vorbei sein. Und es ging gleich tüchtig los. Monticasino öffnete die Flasche mit der Geschicklichkeit eines Sommeliers, und legte, während er den Korken beroch, los. „Bauchladen", sagte er, „du wunderst dich über die Spiele meines süßen Töchterchens, und dein Gesicht sagt mir, daß du dich über etwas anderes noch sehr viel mehr wunderst, daß ich unbeteiligt zusehe, sie gewähren lasse, und keine Anstalten mache, sie nach guter alter, schwarzer Pädagogik, mit einer Watschen zu beehren, daß sie an die Wand knallt, und ihr die niedrigen Gelüste aus dem Kopfe fallen. Leider geht das nicht. Ich hab´s probiert. Ich habe alles probiert. Zwecklos. Sie will einfach nicht begreifen, daß Lust nicht etwas Niedriges ist. Ich verstehe etwas vom Fach. Das kannst du mir glauben. Lust macht Lust, keine Gewissensbisse oder Magenkrämpfe, und ist schon gar nicht dazu bestimmt, andere damit zu quälen, zu erniedrigen, und am Ende sich selber. Du sagst nichts, Bauchladen? Ich verstehe, du bist weise. Was soll man auch dazu sagen. Das ist Schicksal. Aber es hat keinen Zweck, mit dem Schicksal zu hadern. Es ist so dumm, daß es nicht ein Jota von dem begreift, was es anrichtet. Und mit so was soll man auch noch reden. Nein, nein, mein Lieber, der Zug ist abgefahren, und ich behaupte nicht einmal, ich hätte nichts damit zu tun. Schließlich habe ich das Wunderwerk selbst erzeugt, und dazu auch noch mit einem himmlischen Wesen, das ich mir selber ausgesucht habe. Seitdem halte ich nichts mehr vom Schicksal. Das kannst du wohl verstehen. Am Anfang war sie ganz wild aufs Leben, aber dann...kennst du den Film, wie heißt er gleich, natürlich, es ist „Garde à vue", da sagt Michel Serrault etwas ähnliches über seine Ehe, es habe alles ganz schön und heftig angefangen, aber dann, nach kurzer Zeit, und gleich während der Hochzeitsreise, hätten sich mysteriöse Nebel über ihre Beziehung gelegt, sei eben–schicksalhaft–alles anders gekommen, ihre Beziehungen hätten sich wesentlich verändert. Ich muß dir das im Original sagen: „Nos relations se sont gangrenées", und du kannst es übersetzen, wie du willst. Vergiftet wäre jedenfalls nicht richtig. Nicht weitreichend genug. Als handele es sich um etwas ganz Natürliches. Aber es ist nichts als Menschenwerk."

Holubek kam aus dem Staunen nicht heraus. Wie konnte dieser polternde, schulterklopfende Geldmacher solche Sätze sagen? Der verwunderte Ausdruck auf seinem Gesicht entging Monticasino selbstredend nicht.

Er suchte nach zwei ungebrauchten Gläsern, nahm seinen Platz wieder ein, füllte ein Glas, stellte es vor Holubek hin, lächelte sardonisch, und sagte: „Na, da staunste, Bauchladen. Und Prost. Nur nicht zögern. Wir haben Vorrat genug. Beste Tropfen, solche, das kann ich dir versichern, die nicht mit Lacrimae Christi vermischt sind." Er lachte laut auf. „Mein Gott, das wäre eine schöne Cuvée. Nicht einmal der älteste Satan wäre in der Lage, sich das auszudenken. Genießen wir diesen Wein. Er ist die andere Seite menschlicher Arbeit."

Monticasino hob das Glas zum Gruß, Holubek hielt mit, und wurde bald von Wärme durchströmt, und da er während des Festmahls, und schon zuvor, nichts gegessen hatte, sondern an der Wand gestanden, tat der Alkohohl rasch seine Wirkung, und obwohl Holubek dagegen sich streng verwahren wollte, kam doch bald ein wohliges Gefühl in ihn, und ein beseelter Ausdruck auf sein Gesicht. Der Gastgeber sagte: „Na! Jetzt siehst du schon besser aus", und holte von einer Kredenz etwas kalte Platte, Brot und Käse, Reste, die unbeschädigt geblieben waren, und fuhr fort: „Und jetzt sagst du mir, wie du hierher gekommen bist. Ich rieche es sofort, wenn jemand zum Personal gehört. Aber ich weiß nicht, von welcher Sorte du bist. Bauchladen!"

Holubek ließ den Wein langsam über die Papillen am hinteren Ende der Zunge laufen, verdrehte genießerisch die Augen, und versuchte, damit seine Verlegenheit zu verbergen. Er brachte kein Wort heraus. Monticasino nahm ihm die Arbeit ab, und sagte: „Wetten, der Chauffeur hat dich hierher geschleppt. Das sieht ihm ähnlich. Er arbeitet im Auftrag, und sammelt immer mal wieder Beute für Griseldis ein. Er macht das gerne, ja, man kann sagen, mit Leidenschaft. Er selber kann nicht bei ihr landen. Er darf für sie Aufgaben erfüllen, und hoffen. Sonst wäre er ihr nicht mehr blind ergeben. Das festigt die Freundschaft. Na gut, manchmal darf er sie ein bißchen peitschen. Sie streckt ihm den nackten Hintern hin, und er, in seiner fest geschlossenen Montur, hat das Prachtstück vor der Nase. Außerdem weiß er, daß mit dieser Zeremonie sich Töchterchen lediglich für einen Liebhaber aufwärmt, der in ihren Räumen auf sie wartet, einen, den er selber irgendwo aufgegriffen hat. Und wie ist es mit dir?"

„Ich", antwortete Holubek, „hatte einmal die Ehre einer Begegnung."- Der Hausherr lachte scheppernd, und sagte, leicht kurzatmig: „Begegnung, das kann viel heißen, von der harten Bumserei bis zur romantischen Schmiere, gewöhnlich Verliebtheit genannt. Ja, ja, ich weiß, meine Ausdrucksweise läßt zu wünschen übrig. Die Wirklichkeit übrigens auch. Deshalb muß man sie in die Hand nehmen, und etwas draus machen, am besten Geld, viel Geld, denn es ist weniger flüchtig als Gefühle. Und was hast du, Bauchladen, aus deinem Leben gemacht. Und was mit Töchterchen? He, ich habe immer noch nichts diesbezüglich von dir gehört! Oder kannst du etwa nicht reden? Oder bist du schüchtern? Oder hast du gar Angst vor mir? Ist ja auch egal, es läuft alles auf das selbe hinaus. Aber eines möchte ich doch von dir wissen. Welche Funktion solltest du, nach den Angaben des Chauffeurs, hier haben? Küchenhilfe oder Autowaschen? Oder am Ende gar als Minigolfer? Los, raus mit der Sprache." - Holubek zögerte. Monticasino wurde ungeduldig, klopfte mit den Fingern auf das Damasttischtuch, unter welchem ein dicker Molton lag, weshalb das Klopfen nicht so scharf ausfiel, wie der Gastgeber es wohl gerne gehabt hätte. Wie oft in solchen Situationen machte nicht der Ton die Musik, sondern der dazugehörige, finstere Gesichtsausdruck, so daß Holubek sich endlich dazu bereit fand, ein Wort zu sagen: „Gärtner."

Der Hausherr erbleichte. „Um Gottes willen, dann wird Zeit, daß du verschwindest. Ist das klar!"–Holubek verstand nicht die Bohne, blickte ahnungslos auf dem Tisch herum, und macht irgendwelche Gesten des Nichtwissens. „Idiot", donnerte Monticasino, „ ja kapierst du denn nicht, was das bedeutet!" - Holubek war ahnungslos, und erhielt folgende Nachricht: „Gärtner, das heißt, daß deine Tage gezählt sind. Vielleicht hast du schon einmal den Kies geharkt? Ja? Das ist nur das Vorspiel. Es wird nicht mehr lange dauern, und du wirst dein eigenes Grab schaufeln. Die beiden haben dein Ableben beschlossen. Wenn sie sich langweilen, oder ihnen nichts besseres einfällt, dann ist eine Beerdigung fällig, lebendig oder tot. Kleine Mädchen reißen den Fliegen schon mal die Beine aus. Große Mädchen, die nicht bekommen, was sie wollen, sind sehr viel erfindungsreicher. Den Bauchladen hat sie dir schon umgehängt, du blödsinniger Träumer, aber das heißt nichts anderes, als daß die beiden schon die Stelle ausgesucht haben, an welcher du der Erde sollst zurückgegeben werden. Morgen, in aller Frühe, wird der Chauffeur dich aus dem Schlaf reißen–ich wette, er hat dich im Kohlenkeller untergebracht, das ist die Vorratskammer für die Opfer-, dich fesseln und knebeln, dich zur vorbestimmten Stelle führen, und dir die Geräte zeigen. Und dann kommt das Allerschönste! Sie werden dir sagen, daß du, wie es sich in zivilisierten Gegenden gehört, die Wahl hast, die Wahl zwischen zwei adäquaten Lösungen." - Holubek, der inzwischen aus seiner Melancholie aufgewacht war, sagte: „In dieser Situation gibt es keine Wahl mehr." - „Das glaubst du. Nimm dir als Beispiel nur einmal den Chauffeur. Auch er war einmal in der Lage, die dir jetzt blüht." -„Wie sollte das möglich sein", wollte Holubek wissen. „Ganz einfach. Man wird dich vor die Wahl stellen, entweder der

71

Gehilfe des Chauffeurs zu werden, oder unverzüglich in die Grube zu fahren. Und, glaube mir das, es ist eine Wahl. Wie das Beispiel dieses Chauffeurs zeigt. Er hat überlebt. Seit geraumer Zeit ist er der ergebendste Diener von Griseldis. Mit dir, Bauchladen, ist es aber noch nicht so weit. Du kannst entweder abhauen, oder dich dem Duo anschließen. Denn sie träumen schon lange davon, ein Trio zu werden, womit sie in bester theologischer Gesellschaft wären; du eingeschlossen." - Holubek empörte sich, indem er zu bedenken gab, das sei doch absurd. „Wer", fragte Holubek zweifelnd, „sollte in einer solchen Konstellation Gott Vater sein, wer Gott Sohn, und wer der Heilige Geist, falls der als Gott zu erachten wäre?" - „Das", antwortete der Gastgeber mit einem süffisanten Seufzer, „kann sich nur jemand fragen, der nicht merkt, daß ihm der Arsch mit Grundeis geht, nicht weiß, daß er als Lakai geboren wurde, und ein Lakai auf ewig- für die Ewigkeit eines beschissenen Lebens- bleiben wird, wenn er nicht merkt, wann der Zeitpunkt gekommen ist, der Dreieinigkeit den Rücken zu kehren, die Beine in die Hand zu neh-men, und das Weite zu suchen." - Nun glaubte aber Holubek, einen umwerfenden und überzeugenden Ein-wand gefunden zu haben, und sagte feierlich: „Am Kreuz sieht man immer nur eine Person hängen. Soll das etwa das Ende der Trinität sein?" - „Dummerchen", antwortete der Gastgeber: „Diese Person war bescheu-ert genug, alle drei Rollen zu spielen. Und außerdem übersiehst du bei dem Tableau, daß da noch jemand unter dem Kreuze steht. Leidend und von Tränen über-strömt, die beste Maske, die der Triumph sich aufzuset-zen vermag." Holubek wußte nicht, wo ihm der Kopf stand, und sein Gastgeber sagte nachdrücklich: „Laß mal den guten Tropfen stehen. Wir machen einen kleinen Ausflug. Sonst kommst du hier nicht mehr raus."

8.

Und Holubek wußte, einmal mehr, nicht, wie ihm geschah. Er war leicht betrübt, hatte den Kopf schwer in die Hände gestützt, und suchte nach Ausflüchten. Während ihm dessen theologische Exsudationen noch um ihn herumschwirrten, sprang Monticasino energisch von seinem Stuhl auf, und packte Holubek am Ärmel. Er riß ihn aus dem Sitz, und schleppte ihn zur Türe des Speisesaals, war weiterhin ein Mann der Tat, zerrte seinen Gesprächspartner hinunter in die Eingangshalle, zog dort an einem breiten, brokatenen Klingelband, warf unterdessen dem verduzten jungen Mann (na ja, so ganz jung war er nicht mehr, wenn man bedenkt, was er schon alles geschluckt hatte) einen Reisemantel zu, zog selber seinen feinen Kamelhaarmantel über, riß die Tür auf, eben in dem Augenblick, als das Automobil des Hausherrn vor der Eingangstreppe vorfuhr, vom Chauffeur des Hausherrn gesteuert, der rasch ausstieg, und den Verschlag für die hinteren Sitze öffnete, so daß Monticasino Holubek endlich in den Horch hineinstoßen konnte, und sich selber hineinsetzen. Sogleich wurde losgefahren, über den Kiesweg zum großen Einfahrtstor. Holubek, von der Aktion überrascht, bemerkte, wie sowohl der Chauffeur als auch der Chef grinsten. Kaum hatte die Schnauze des Horch den Torbogen durchfahren, ging ein Gewitter von Blitzen und zuckenden Lichtern auf das Automobil nieder, konnten dieses aber in seinem Lauf nicht aufhalten. „Unser Fritzchen versucht, der arme Kerl, er versucht", kommentierte Monticasino, „uns und die Flucht unseres Schützlings aufzuhalten. Er sollte endlich begriffen haben, daß er mit seinem Firlefanz nichts erreicht, höchstens einen Klaps auf den Hintern, verabreicht von allerhöchster Stelle, von dem Fräulein Griseldis." - Holubek glaubte, sich mitten in einer Slapstick-Szene zu befinden, war immer noch nicht aus dem Nebel heraus, und fragte, wer denn Fritzchen sei. „Na klar doch", sagte Monticasino, „der Chauffeur, wer sonst." - Holubek wollte es nicht glauben, und sagte: „Wie? Dieser martialische Chauffeur soll ausgerechnet Fritzchen heißen. Hasso, das würde ihm besser stehen. Oder Tschako, jedenfalls der Name einer Dogge." - „Als er in der Villa ankam", erläuterte der Chef den historischen Sachverhalt, „hieß er noch Karl-August. Töchterchen hatte ihn im Kaff unten in der Ebene aufgegabelt, und bei sich in Dienst gestellt. Und da hieß er auch schon gleich Fritzchen." Der Chauffeur des gegenwärtigen Automobils sagte unbeirrt: „Alles hat seine Logik." Er hatte offensichtlich das Privileg, solche Äußerungen in Gegenwart seines Chefs tun zudürfen, der das Privileg, in den Augen und Ohren Holubeks bestätigte, indem er ergänzte: „Und bald wußte der wackere Mann, was die Logik Töchterchens ist. Dabei will ich nicht einmal an das naturrechtliche, thomistisch basierte System meiner gnädigen Frau Gemahlin denken. Warum auch. Wir haben heute Besseres zu tun. Übrigens, darf ich bekannt machen: Ramón, mein Sekretär, Leibwächter und Börsenmakler. Chauffeur ist er nur nebenbei, aber dafür der beste. Er weiß übrigens, wer du bist, Angsthase, und daß du eben jetzt aus dem hohen Hause weggeschafft wirst. Also los. Wir haben noch einiges vor uns. Und übrigens wissen wir doch beide, wie dein komischer Name lautet. Holu-

74

bek. Wo hast du das nur her. Und jetzt erzähle mir bitte nicht deine Familiengeschichte."

Ramón war offensichtlich in bester Verfassung und ausgeschlafen. Er steuerte den schweren Wagen leichthändig und ebenso elegant, wie ein kleiner Junge sein Holzschiffchen in der Badewanne. Dabei hatte Holubek das Gefühl, der Wagen sei viel schwerer, als er aussah. Vermutlich war er gepanzert. Und doch glitt er quasi leichtfüßig dahin. Dabei fuhr man über kleine und schmale Landstraßen, und offensichtlich durch eine abgelegene Gegend, die gerade so aussah, als gehöre sie nicht zum Land, in welchem man sich doch, aller Logik nach, befand. Bald döste Holubek ruhig vor sich hin, und schlief endlich ein. Monticasino hatte es sich in der anderen Ecke auf dem Rücksitz bequem gemacht, der samtgepolstert war, wie überhaupt das Interieur des Fahrzeugs recht luxuriös. Gegen Morgen wachte Holubek auf. Der Horch parkte vor einem einsamen Landgasthaus, das auf freiem Felde, etwas abseits der Straße, inmitten einer von Heidekraut überwachsenen Hochebene stand. Ramón trat vor die Tür, und winkte Holubek in das Gasthaus hinein. Er sah mithin einer vernünftigen Handlung entgegen, dem Frühstück. Halbverschlafen schaffte er sich aus dem Automobil heraus, und ging, leicht benommen, in die Wirtsstube.

Dort saßen, an einem großen Tisch, der von Papieren und Aktendeckeln übersät war, Monticasino, nun ergänzt durch den allseits tätigen Assistenten Ramón beim Frühstück, das ebenso reichlich aussah, wie die begleitenden Arbeitspapiere. Der Chef winkte Holubek herbei, und wies ihm ein freies Plätzchen an. Der Wirt kam herbei, und stellte Holubek sein Frühstück hin. Dieser bedankte sich, und sagte in Richtung Chef, er werde damit wohl einen halben Tag lang beschäftigt sein. „Macht nichts", antwortete dieser, „wir haben auch zu tun." So machte Holubek sich in aller Ruhe an die Arbeit. Nach einiger Zeit bat er den Wirt um die Tageszeitung. Die Antwort verblüffte ihn. „Können sie haben, falls Sie sich mit Ammenmärchen abgeben wollen. Wir haben aber auch, für unsere besonderen Gäste, eine kleine Bibliothek zur Verfügung. Manche Gäste sind eben vergeßlich, aber Reisen, das wissen Sie wohl, ohne Bücher è fatica sprecata. Zur Zeit wird Robert Walser gerne gelesen, aber auch Federigo Tozzi." Holubek wunderte sich nach dieser Ansprache über nichts mehr, und sagte: „Gut, dann bringen Sie mir den »Gehülfen«, wenn`s beliebt." Der Wirt verbeugte sich förmlich, und kam binnen weniger Minuten mit dem gewünschten Exemplar wieder; nicht zu fassen, es war ein Band aus der Kossodo-Ausgabe. So fand das Frühstück seine vernünftige Erweiterung, und ging nach ein paar Stunden in das Mittagessen über. Monticasino und Ramón arbeiteten bis in den Nachmittag hinein. Dann packte letzterer alles zusammen, und verstaute die Papiere im Horch. Der Chef sagte zu Holubek: „Wir machen jetzt ein Mittagsschläfchen. Du kannst inzwischen einen Spaziergang machen. Gegen sechs Uhr fahren wir weiter." Sprach`s, und begab sich in das obere Stockwerk.

Holubek ging eine halbe Stunde lang in der Heidelandschaft spazieren, kam an ein Hochmoor, und verweilte dort in der Betrachtung der Spiegelungen auf dem dunklen Wasser. Wozu hat der Hausherr mich eigentlich auf seine Geschäftsreise mitgenommen, grübelte er. Ich muß ihm ja nicht einmal die Aktentasche tragen. Das kann nicht mit rechten Dingen zugehen. Oder war es einfach eine Grille. Oder wollte er den Chauffeur ärgern, den anderen, Fritzchen. Vielleicht gar seinem Töchterchen mal die Ohren lang ziehen. Aber der Mann ist doch nicht so dumm, nicht zu wissen, daß es dafür viel zu spät war. Vermutlich schon seit längerer Zeit. Nun ja, dachte bei sich Holubek, in Villen muß Erziehung nicht stattfinden. Man ist reich, und das reicht. Und vornehm auch. Da kann die Prinzessin machen, was sie will.

Holubek setzte sich unter eine breit ausladende Kiefer, um dort seine Überlegungen fortzusetzen. Bald schlief er ein. Wirre Träume schlichen sich durch seinen Kopf (wo sonst, aber es soll ja auch Leute geben, die mit dem Arsch träumen, und wieder andere mit den Knien, das sind die Religiösen, oder gar mit dem Ellenbogen, das sind die Intelligenzler), es erschienen unbekannte Raubtiere im Dschungel, dann sah er sich die Steine auf dem Kiesweg vor der Villa zählen, neben ihm Griseldis mit einer Reitgerte. Sie klopfte ihm damit auf den Rücken, und säuselte, das sei ihre Buchführung. Dann wurde er in das Boudoir der Gnädigen Frau gerufen, mußte ihr Gedichte von R. A. Schröder vorlesen, und verständnisvoll ihren Seufzungen lauschen. Schließlich kam, was kommen mußte. Sie klagte über ihren Mann, wodurch Holubek gezwungen wurde, ganz besonders verstehensvoll zu sein. Es habe alles so roman...tisch angefangen, er habe sie angehimmelt, nicht gerade auf Händen getragen, doch immerhin versprochen, ihr die Welt zu Füßen zu legen. Und von einem Tag, ohne ersichtlichen Grund, zum andern habe er sich in die Geschäfte geworfen, und sie, ihre Ehe und Familie vernachlässigt; und sei plötzlich ein anderer geworden, einfach nicht mehr wiederzuerkennen. Ein brutaler Kerl, der sich zuhause nicht mehr sehen ließ, und ihr gegenüber so rücksichtslos wie er es auch in seinen Geschäften war, wie sie von den Geschäftsfreunden hörte, die er gelegentlich ins Haus brachte, und Festgelage mit ihnen abhielt, die nicht immer einen vornehmen Charakter hatten, wenn sie verstehen, was ich meine, eben nicht kultiviert, ganz ohne Feinheit und Anstand. Da habe sie sich der großen Aufgabe gewidmet, die ihr in all dem Chaos noch geblieben war, der Erziehung ihrer Tochter. Nun, da sei nicht alles so gegangen, wie sie es sich gewünscht hatte, ja wie denn auch, ich konnte den verheerenden Einfluß meines Mannes nicht aus ihr herauskriegen, seufzte sie zustimmungsheischend, und Holubek ging die Luft aus.

Röchelnd erwachte er, rieb sich die Augen, und wußte im ersten Augenblick nicht, wo und wie er sich befand. Das Hupen des Automobils drang aus der Entfernung an sein Ohr, und brachte ihn wieder halbwegs auf den Boden zurück. Traumgeschüttelt erhob er sich, und legte rasch den Weg zum Wirtshaus zurück. Monticasino saß schon im Fond des Wagens (ein Pullman-Cabriolet, falls das irgend jemand interessiert, von 1940), und Ramón stand gelassen neben der geöffneten Fahrertüre, und er winkte, etwa mit der Geste eines Zeremonienmeisters, den säumigen Gast herbei, allerdings ohne daraus eine dringliche Geste zu machen.

Weiter ging die Fahrt, durch eine Landschaft, deren Vorhandensein in dem Land, in welchem er lebte (lebte, das sagt man so), Holubek nicht für möglich gehalten hätte. Diese Landschaft sah gänzlich ausländisch aus, in der Ausstattung ähnlich wie das, was er kannte, von diesem unserem Lande (Londe, sagen dessen Besitzer und Einverwohner), mit Dörfern und Weilern, Bäumen und Wiesen, Feldern und Flüssen, doch insofern grundsätzlich anders, als einem die Lust ankam, hier zu wohnen und tätig zu sein. Somit war es nicht überraschend, daß Holubek noch nie von diesem Landstrich gehört hatte, der auf den Karten der handelsüblichen Geographie nicht vorkam, und von dem auch hinter vorgehaltener Hand nirgendwo gesprochen wurde. Und warum, das kann man sich denken, Landkarten sind eine Angelegenheit der Opportunität.

Während er versuchte, das Phänomen zu ergründen, sank der Tag der Nacht entgegen, und unser Holubek dämmerte vor sich hin, bis er ins Schlummern kam. Er wurde dabei mit Vorstellungen gesegnet, die, näher oder ferner, mit Bougainville`s Reisen zu tun hatten. Was fern lag, hat ein mildes Antlitz, das Naheliegende riecht säuerlich; oder glaubt jemand, man könne im Traum nicht riechen? Die wirkliche Reise mit Monticasino und Ramón nahm unterdessen durchaus ihren weiteren Verlauf. Holubek merkte es, als der Horch zum Stehen kam. Er öffnet seine Augen, und stellte feste, daß man vor einem hell erleuchteten Hotel in der Umgebung einer Kleinstadt angekommen war, direkt vor dem Haupteingang. Die Drehtüre brachte einige Hoteldiener zum Vorschein, die sich um die Neuankömmlinge sorgten. Die Türen des Horch wurden unter Verbeugungen geöffnet, das Gepäck ins Haus getragen, und die Gäste, auf die man offensichtlich schon gewartet hatte, in das gediegene Gebäude geleitet. Ein Chasseur erhielt von Ramón die Wagenschlüssel, und das sehr auffallende Automobil wurde in eine Garage gebracht, und diese fest verschlossen. Es war klar, daß der Chef, Monticasino, ein wichtiger Gast, und hier gewiß nicht zum erstenmal abgestiegen war.

Holubck ging als letzter durch die Drehtür, in das Hotel hinein, vorsichtig, als ginge er auf dünnem Eis. Drehtüren verursachten ihm Atemnot. Er nahm sich vor, heute noch, vor dem Einschlafen, darüber nachzudenken, was die Ursachen sein könnten. Zunächst aber winkten ihm die Bequemlichkeiten des Lebens, die ihm so lange sicher waren, als er im Schatten Monticasinos reiste. In der Eingangshalle wurde er von einem Boy diskret in den Speisesaal geleitet, wo es nach gediegener Hotelküche roch. Monticasino und Ramón hatten dort bereits Platz genommen.

Das Menu war klassisch. Es war, als schwebe Escoffier durch den Raum, nicht irgend ein billiger Engel, der himmlische Ruhe versprach, und für irdischen Trübsinn sorgte, verbunden mit Tütensuppen und Schnellschluckimbiß, oder, schlimmer noch, einem Familienessen, an einem Tisch, an welchem die Kinder ganz gekrümmt sitzen, und Mama die von Migräne schweren Augenlider senkt, und Papa stumm auf dem Tisch herumblickt; und nicht sieht, was er angerichtet hat. Escoffier verdient den Heiligenschein, wenn aber jemand es wagen sollte, am Familientotentisch von anderen als den aufgetischten Speisen zu träumen, wird der Papa das sofort merken, und den Kopf des Taugenichts stracks in die Suppenschüssel stecken, bis dem das Leben vergeht (Leben, na ja, siehe oben).

Als Kaffee und Liköre ankamen, waren der Chef und sein börsenkundiger Fahrer schon wieder in ihre weltbewegenden Affären abgetaucht. Holubek wollte nicht unhöflich sein, und sagte, er werde einen Spaziergang machen und sich das Städtchen ansehen. „Da gibt es nicht viel zu sehen. Alles bestes Fachwerk, die Blumenkübel vom Verschönerungsverein, und auch der letzte Weltkrieg hat nicht stattgefunden. Solche Idyllen kennst du doch, Gärtner; reines Prospektleben, lohnt sich nicht. Ein Nachtleben gibt`s auch nicht. Also, was willst du. Außerdem, wir sind hier gleich fertig, die Flaschen sind noch lange nicht leer, und ich wollte mich mal mit dir unterhalten. Ich weiß so gut wie nichts von dir, bis auf diese komischen Details, daß du einen Bauchladen getragen hast, als Gärtner meiner Tochter, oder der Gemahlin, der Unterschied ist nicht groß, obwohl es die Umgangformen sind. Als Landschaftspfleger hättest du dich nützlich machen sollen! Kennst du Töchterchens Landschaften? Nein? Glück gehabt. Wenn du mal drinnen bist, kommst du nicht mehr heraus, nicht etwa, weil es ein Labyrinth wäre, sondern eine Einbahnstraße ist, physiologisch und psychologisch."- Holubek schaute ein wenig blöd drein, er hatte den Doppelsinn der Worte nicht verstanden; und wurde verlegen. „Also," fuhr Monticasino fort, „willst du nicht mal ein wenig aus deinem Leben plaudern?"- Verlegen antwortete Holubek, da gäbe es nicht viel zu sagen, aber Monticasino ließ nicht locker, und hielt dem entgegen: „Es sind eben diese Nichtigkeiten, auf die es ankommt, auch wenn derjenige, der sie mit sich herumschleppt, sie für Quantité négligeable hält. So lange, bis sie ihm auf die Füße fallen, und dann ist das Wehklagen groß, weil der Dummkopf glaubt, von so wenig Wenigkeit könne so viel nicht kommen."

„Das wäre zu bedenken", entgegnete Holubek, und der Chef lachte. „Im Denken scheinst du ja recht groß zu sein, du folgsamer Gärtner. Aber im Leben, ich meine, im wahren Leben, dort wo es kracht und knallt, wo die prallen Ärsche wogen, die armen Würstchen ausgebeutet werden und die Ölfelder auch, also kurz, dort, wo das Leben ist, wo die Geschäfte gemacht und die Vermögen bewegt werden, da hilft keine Schlaumeierei nichts, da kommt dein Denken nicht vor, da bemerkt man nicht einmal deine Abwesenheit, na, warum wohl, weil du auf dem Markte nicht existierst. Du bist keine Null, du bist kein Nichts, du bis kein Garnichts, du bist schlicht und einfach außerhalb jeder Existenz, auch wenn du hier auf einem Stuhl sitzest, und einen Premier Grand Cru verbeißt, den ich dir übrigens mit Vergnügen spendiere, denn wenn du auch nicht bist, ein Arschloch bist du deshalb noch lange nicht. Und so was ist doch eher selten."

Er ließ seinem Glaubensbekenntnis einen tiefen Seufzer folgen. Er sah etwas müde aus, doch ganz zufrieden mit selbst. Er hob das Glas, prostete Ramón und Holubek zu, und fügte seinen voraufgegangenen Worten noch ein wenig Weihrauch zu: „Im Grunde genommen, wenn man so weit gehen will, ist es doch einfach so, daß der Markt alles reguliert. Und ich, nun, ich reguliere den Markt." Es folgte eine winzige, allerdings melancholische Pause, die rasch durch Zukunftsperspektiven gekappt wurde. „Solange ich im Geschäft bin. Und das wird noch eine gute Weile dauern. Da können die häuslichen Damen machen, was sie wollen; die eine macht in Migräne, die andere hält sich für zwanglos. Denn wißt ihr"- er prostete sowohl Ramón als auch Holubek zu– „in der Geschäftswelt kann man einiges erreichen, die Natur hingegen, die ist unveränderlich."- Er schob die Akten beiseite, mit einem Lächeln, das besagte, morgen werde wieder einmal ein Tag sein, und wenn es nur aus dem einen Grund wäre, daß glänzende Transaktionen an diesem nächsten Tag würden getätigt werden. Monticasino wurde nun nicht gerade vertraulich, hatte aber beschlossen, einige seiner Hüllen–die Leute sollten es nur glauben– für ein paar Stunden beiseite zu legen.

So kam er wieder auf Holubek zurück, und sagte: „Wo war ich stehen geblieben? Ach ja, ich wollte dich, geraubter Gärtner, doch mal fragen, was du so alles im Leben machst, und gemacht hast." Holubek wurde nervös, weil er auf diese Frage, unter welchen Umständen auch immer, nie eine brauchbare Antwort zustande gebracht hatte. Und er konnte den Fragenden auch nicht plausibel machen, daß die Frage unbeantwortbar sei.

So versuchte Holubek, um seinen Gastgeber nicht zu enttäuschen, und um zu zeigen, daß er nicht undankbar sei, an dessen eben gesprochene Worte anzuknüpfen, und sagte: „Da ich auf dem Markte nicht vorhanden bin, und mit dem Rest der Welt nur zu tun habe, wenn dieser mir auf die Nerven fällt, und meiner prinzipiellen Nicht-Existenz auf den Füßen herumtrampelt, dürfte es,

so leid es mir tut, Monsieur, wenig zu sagen geben."-
„Wenig", antwortete Monticasino, ohne einen Anflug
von Ärgerlichkeit, „ist weniger als Nichts oder mehr als
irgend eine Heldentat, die jeder Flachkopf aus seinem
Allerwertesten herauszudrücken vermag. Wenn du also
nur wenig getan hast, so muß es doch etwas gewesen
sein, eine Winzigkeit, ein Nebelhauch, eine Träne im
Knopfloch. Na?"- Um nur ein bißchen mehr als nichts
zu sagen, erwähnte er, einmal im Handel von Rauchwaren tätig gewesen zu sein. „Na", sagte erfreut Monticasino, „das ist doch etwas", und klopfte auf sein Zigar-
renetui aus feinstem Boxcalf. Doch Ramón, den Holubek zum erstenmal einen Satz sagen hörte, sagte höflich:
„Er meint Pelzwaren." Wieder war Monticasino nicht
beleidigt, und meinte jovial: „Pelze, das ist doch etwas.
Da kenne ich mich aus. Alle wollen einen Pelz haben,
ich meine natürlich, alle Weiber. Vom Zimmerkätzchen
bis zu den feinen Damen. Und man fragt sich, warum.
Einen Pelz haben sie doch alle selber, von einem gewissen Alter an, das kleine Pelztierchen, das sie sich auf ihr
Schmuckstück geklebt haben. Du weißt schon, wo. Aber
sie können nicht genug kriegen. Sie müssen auch noch
einen Pelz um den Hals haben, einen Pelzmuff, in den
sie zarten Händchen stecken, und wenn das nicht reicht,
noch einen Mantel, in dem sie gleich ganz verschwinden. Ein Riesengeschäft, so lange ein Gentleman in der
Nähe sich findet, der unauffällig die Rechnungen
bezahlt. Also, da mußt du mir jetzt aber erklären, warum
du dieses Geschäft aufgegeben hast. So blöd kann doch
niemand sein, nicht einmal eine Wenigkeit wie du! Also,
raus mit der Sprache!" - Ohne Zögern antwortete Holubek: „Der Grund ist der einfachste der Welt. Ich war zu
erfolgreich."

Da fiel dem großen Chef der Kiefer herunter. Es
kamen ihm die Worte abhanden, er stammelte Unver-

ständliches, bis er sich dann in etwa zu artikulieren vermochte. „Nein, das ist unmöglich, das gibt`s doch nicht. Das kann nicht sein...wie sollte das zugegangen sein. Ich will`s wissen."´ - „Das" antwortete Holubek, „will ich gerne tun. Allerdings fürchte ich, die Antwort wird Ihnen nicht gefallen. Ich möchte nicht unhöflich sein, schon gar nicht in Gegenwart eines Grand Cru, der Ihrer Freundlichkeit entsprungen ist." - Damit kam aber Holubek nicht weit. Der Big Chef klopfte mit den Knöcheln seiner linken Hand auf den Tisch, was, trotz Molton, gehörigen Lärm erzeugte. „Nun", versuchte Holubek sich in einer Antwort, „wie Sie ganz richtig sagen, reguliert der Markt alles, wenn man ihn nicht selber reguliert, doch reicht die Logik des Marktes nicht hin, das Gehirn, oder das Arschloch–Sie verzeihen bitte diesen Ausdruck, der aus der Wirklichkeit des menschlichen Lebens gegriffen ist–und die Innereien eines Erdenbürgers, der mit dem Segen des Himmels auf dem Globus herumlatscht, und seinen Pflichten nachgeht, mit Unterwerfung, mit Bescheidenheit und Zufriedenheit, kurzum, mit einem adäquaten Leben, auch aufzuklären; also das Gehirn aufzuklären, wollte ich nur sagen...falls unterwegs der Faden zu lange geworden sein sollte, mit Verlaub gesagt."

Monticasino wurde nachdenklich, und sagte nun, nach einer Weile: „So weit, so schlecht. Was du über den adäquaten Quark sagst, kann ich gerade mal so verstehen, und ergänze, daß ich damit nichts zu tun haben will. Äh. Aber was hat das alles mit deinem Geschäft zu tun, das dir der Quark verderben wollte?"–„Meine Nase hat ihnen nicht gepaßt. Dem Quark, wollte ich sagen." - „Na dann ist ja alles klar."–„Nein, nicht was Sie meinen. Ich komme nicht aus einem Schdedel. Mein Ariernachweis hat sich gewaschen. Diese Leute, die quarkigen, haben einfach nichts gefunden, aus dem sie einen Strick hätten mir drehen können. Also sagten sie, mit meiner Nase sei etwas nicht in Ordnung. Sie sehe trojanisch aus, sagten die Miefschlecker." Monticasino schnitt eine Grimasse, und sagte: „Ja gibt es denn trojanische Nasen?"–„Überhaupt nicht. Und von trojanischen Pferden haben sie nie gehört, weder im Traum noch im Mineralwasserrausch." -„Warum dann", wollte Monticasino wissen, „trojanisch, wenn es solche Nasen gar nicht gibt. Das ist doch alles Unsinn." -„Man hätte auch", meinte Holubek, „sagen können, meine Ohren seien venezolanisch, oder meine Fußsolen mandschurisch." -„Das, immerhin, hätte einen Sinn gehabt, wie verborgen auch immer. Ein mandschurischer Kandidat, das gefällt den Quarkrührern. Und dennoch, was soll der ganze Aufwand, wegen einer Kleinigkeit, wegen nichts, nichts und abermals nichts?"- Holubek legte eine kleine Pause ein, seufzte ein wenig, und versuchte zu erklären, was durch Quark nicht zu erklären war. „Wenn Sie mir gestatten, werde ich einen kleinen Umweg nehmen, um der Sache auf den Grund zu kommen." Er machte abermals eine Pause, und fuhr dann, verlegen sprechend, fort: „Haben Sie einmal versucht, mit einem Stück Klopapier zu reden, das im schönsten Einverständnis von der ganzen Familie benutzt wird, um dann, irgendwann einmal, auf dem Altar des Vaterlandes (dieses unseres, wessen denn sonst) zu landen; oder in eine Monstranz gesteckt, vom Militärbischof umhergetragen wird, und dem gläubigen Volke gezeigt?...Nein, das haben Sie natürlich nicht, denn das verträgt sich nicht mit einem Permier Grand Cru." Leben braucht Lebensart, wer weiß das besser, als die feinen Leute.

Monticasino rieb sich verwundert die Augen, und sagte leise: „Sachen gibt`s, die gibt`s überhaupt nicht. Wie gut, daß ich mit diesen nie zu schaffen hatte. Das möge Gott verhindern... eine gute Gelegenheit, um mal wieder an ihn zu glauben. Zu irgend was muß er schließlich nützlich sein, und gebe gerne zu, daß ich ein Opportunist bin. Denn ich weiß nur zu gut, aus der Erfahrung meines Lebens, daß der Philosoph Trancard, ein Böotier, glaube ich, recht hat, wenn er sagt: »Die Gerechtigkeit Gottes ist ein Schmarren. Gott ist zutiefst ungerecht. Ich glaube an ihn, doch ich verabscheue ihn. Ich verehre den Teufel, der allein mir einige angenehme Momente im Leben zu verschaffen vermag.« So ist es. Oder ist etwa einer von euch anderer Meinung?"

Darauf hin trat eine Stille ein. Alle drei am Tisch wurden nachdenklich, und Ramón sagte, direkt in diese Stille hinein, einen seiner seltenen Sätze: „Wir gehören immerhin nicht zur Lumpenbourgeoisie." - Was er wohl damit meinte.

Damit schien der Abend zu einem Abschluß gekommen zu sein. Auch der Wein fing an, seine Wirkung zu tun. Der Big Boß gab aber noch lange nicht auf, hatte in der Zwischenzeit aber schwere Augen bekommen. „Es gäbe", sagte er mit düsterer Stimme, „noch so viel zu erwägen. Nun ja, morgen ist auch noch ein Tag, und diese Tatsache erinnert mich an den Lieblingsausspruch meines Großvaters: »Man sollte die Eile nicht mit Hast verwechseln«. Das ist gut, nicht wahr! Ah, jetzt fällt mir ein, was ich noch sagen wollte, ich wollte wissen, wie du, du gescheiterter Gärtner, in das Kaff geraten bist, in dem dich Fritzchen der Chauffeur aufgegabelt hat; dieses Kaff, das ich gelegentlich, wenn nicht Nebel überm Tal liegt, von der Terrasse meines Hauses, welches das Haus meiner Frau ist, sehen muß. Also, raus mit der Sprache."-„Ach", sagte Holubek, „ich möchte mich nicht drücken; aber das, mit Verlaub gesagt, ist eine lange Geschichte."

„Sei´s drum. Auf ein anderes mal", sprach der Chef, und hob die Tafel auf.

9.

Rotz des anregenden, und ganz angenehm verbrachten Abends hatte Holubek wieder wilde Träume. Er fiel in eine Schlangengrube, mit Vipern und Puffottern, wurde von diesen aber nicht gebissen, sondern in einen Dschungel verschleppt, in welchem Marschmusik erdröhnte und Lastwagen durch die Wipfel der riesigen, uralten Bäume fuhren. Die Schlangen schleppten ihn durchs nahezu undurchdringliche Unterholz, gerade so, als seien sie Aufpasser eines Straflagers, und brachten ihn vor ein Tribunal, das vor einem Altar hauste, auf dem die Göttin der Kaufleute ihren Strich gezogen hatte, und tanzte. Ihre Aufführung war dermaßen verwirrend, daß dem Delinquenten all seine Sinne gründlich schwanden, die Szenerie rasch zusammenbrach; und Holubek schweißgebadet erwachte. Bald, da hatte auch der Bordeaux des Abends mitzureden, schlief er wieder ein, und wurde abermals von Albträumen heimgesucht, die aber nur ein Klacks waren, verglichen mit dem, was ihn am nächsten Tag erwarten würde.

Holubek wußte, daß Monticasino und Ramón keine Langschläfer waren, und so wollte er als erster im separaten Frühstücksraum eintreffen, der den beiden von der Direktion zur Verfügung gestellt wurde, da sie schon mit Tagesbeginn sich mit ihrer Arbeit vertraut machen wollten; ohne dabei ein ausführliches, englisches Frühstück, das mit einem Gläschen Portwein endete, mißachten zu müssen. Aber Holubek kam zu spät. Beide saßen schon am Tisch, zutiefst über die Akten gebeugt,

87

die Arme ausgestreckt. Sie lagen dort mit den Köpfen in einer Blutlache. Alles Geschirr war umgeworfen. Kaffe und Blut liefen, in zäher Geschwindigkeit, am Tischtuch entlang auf den Boden hinunter. Kein Fenster und keine Tür stand offen. Wie war der Mörder nur hereingekommen, und hatte die beiden erschossen, ohne daß jemand etwas bemerkt oder gehört hätte. Der Schießlärm konnte durch Schalldämpfer unterdrückt werden, der Schütze selber jedoch mußte in den Raum eingedrungen sein, um seinen Auftrag erfüllen zu können. Aber die Kellner, die, nachdem Holubek laute Schreie ausgesandt hatte, nun herumschwirrten, beschworen sämtlich, gewiß niemanden gesehen zu haben, der sich in den separaten Frühstücksraum geschlichen hätte. Gewöhnlich sei, um diese frühe Zeit des Tages, niemand im Speisesaal, oder in den angrenzenden Räumen unterwegs. Somit fiel der Verdacht auf den Kellner, der das Frühstück angerichtet hatte. Den gab es aber nicht. Irgend ein Küchenmädchen hatte die Arbeit besorgt. Es wurde sogleich herbeigezerrt, und vom Direktor, der entsetzt in den Raum gestürzt war, strengstens befragt. Die Mamsell wußte keineswegs, wie ihr geschah. Sie starrte voller Grauen auf die Toten, die Blutlache, das zerdepperte Geschirr auf dem verwüsteten Tisch. Sie brachte kein Wort heraus. Inzwischen war Polizei eingetroffen, überblickte den Tatort, und sah die noch zitternde Mamsell in ihrer Not. Ein smarter Inspektor rette sie aus ihrer Lage, zog sie beiseite, in eine Ecke, und sprach beruhigend auf sie ein. Dabei betrachtete er ihre Hände. Er rief einen Assistenten herbei, der einen Schnelltest vornahm, um zu wissen, ob Pulverspuren nachzuweisen wären. Dabei roch er auch an ihren Händen, was die Mamsell, selbst in ihrer Betroffenheit, mit einem satten „Na hören'se mal", quittierte. Der Inspektor besah sich das Ergebnis, ging zum Direktor, und sagte, sie könne es wohl kaum gewesen sein. Das sei die Arbeit eines Profis gewesen. Blieb noch zu klären, wie er in den Raum hinein, und wieder heraus gekommen war.

Holubek war nahe daran, in eine Ohnmacht zu versinken. Jedenfalls war er sicher, man habe ihm den Boden unter den Füßen weggezogen. Er taumelte ins Freie, setzte sich auf eine Bank unter dem Lindenbaum, der den kleinen Park vor dem Hotel zierte. Er atmete etwas schwer, als sei er selber von einer Kugel getroffen worden.

Er verblieb wohl längere Zeit in diesem zerfressenen Gemütszustand, fassungslos wegen des plötzlichen Todes und brutalen Mordes. Wer weiß denn schon, wie lange er in diesem Zustand verharrte. Nach geraumer Zeit trat der Direktor auf ihn zu, zupfte ihn vorsichtig am Ärmel, und sagte: „Es ist wohl besser, sie verschwinden. Die Polizei will nichts von ihnen. Hier ist der Autoschlüssel. Die Garage habe ich bereits öffnen lassen. Ich bin sicher, daß es im Interesse der beiden verstorbenen Herren ist, wenn sie den Horch übernehmen, und irgendwo untertauchen. Hier ist übrigens noch eine kleine Tasche, die Herr Monticasino gestern dem Hotelsafe anvertraut hat. Im Wagen finden sie ihr Gepäck, im Handschuhfach liegt ein Umschlag für sie. Ich durfte mich des Vertrauens des Herrn Monticasino erfreuen, und bitte sie nun, den Horch in Sicherheit zu bringen."

Holubek war völlig verdaddert. Er sollte einfach verschwinden? Und was sollte er in Sicherheit bringen? Wer verteilte hier die Aufträge? Der Hoteldirektor lächelte ihn aufmunternd an, gab ihm einen Klaps auf die Schulter (die neuen Philosophen werden sicher fragen, welche das gewesen sei), und schob ihn praktisch in das Automobil hinein, das ein Angestellter aus der Garage herausgefahren hatte. Holubek begriff, daß er von der Bildfläche zu verschwinden hatte. Er trollte sich davon, fast in dem Gefühl, er sei schuld an der Ermordung von Monticasino und Ramón. Doch war es im Augenblick nicht möglich, sich eine Last daraus zu machen, er mußte zunächst einmal mit dem gewaltigen Automobil fertig werden, das ihm vorkam, als sei es das Konzentrat einer Linotype-Maschine. Der Motor lief schon, er mußte erst einmal den Gang zum Anfahren finden. Das ging erstaunlich leicht, ebenso leicht war der Umgang mit dem Lenkrad. Offenbar hatte ein kluger Ingenieur eine Art Lenkhilfe für das riesige Gefährt eingebaut, um es leichter beweglich zu machen. So also fuhr Holubek mit dem Horch davon, nachdem er sich zuvor über das Schaltbild informiert hatte, das auf dem elfenbeinernen Knopf des Schalthebels eingraviert war. Er fuhr in das Städtchen hinein, durchquerte es, bis er ein Straßenschild fand, welches verschiedene Orte anzeigte. Er wählte denjenigen Ort aus, der mit der größten Kilometerzahl versehen war, eine Stadt, von der er einmal im Geographieunterricht gehört hatte; ach ja, das war vor langer und schlechter Zeit.

Nachdem er den Ort des Schreckens hinter sich gelassen hatte, fand er sich auf einer kleinen Landstraße ein, die durch eine hügelige Landschaft führte, in welcher Kühe auf den Wiesen standen, und die verstreuten Häuser nach fleißigen Menschen aussahen. Wald und Wiese wechselten sich ab, manchmal war ein Bach zu überqueren, und an den Wegkreuzungen standen Bildstöcke oder Kruzifixe. Mich hat es wohl in die falsche Gegend verschlagen, dachte er bei sich, ich will keine Magengeschwüre bekommen, und er versuchte, vom dritten in den vierten Gang zu kommen, den schweren Wagen zu beschleunigen, um bald bessere Gefilde erreichen zu können.

In einem kleinen Dorf hielt er an. Er hatte einen Krämerladen entdeckt. Er mußte sich mit Proviant versorgen, denn er hatte natürlich keine Ahnung, wie lange er an diesem Tage würde fahren müssen, um die ferne Stadt zu erreichen. Er stieg aus, und in diesem Augenblick fiel ihm ein, daß er gänzlich ohne Gepäck oder sonstige Accessoires weggefahren war. Da erinnerte er sich an den Hinweis des Hoteldirektors auf das Handschuhfach. Tatsächlich fand sich dort eine Tüte mit reichlich Geld. Er nahm den kleinsten Schein heraus, schloß den Wagen ab, und ging in den Laden hinein. Ein älterer Mann, der eher wie ein Bauer als ein Krämer aussah, begrüßte ihn freundlich, und fragte nach seinen Wünschen. Holubek kaufte so reichlich ein, als müsse er sogleich das Rennen Paris-Peking fahren (in Wirklichkeit hatte er Verhungerungsangst, die sich manchmal Bahn brach). Der gute alte Mann staunte nicht schlecht, lächelte aber nur, so, wie nur alte Bauern es tun können, und half ihm, den Einkauf zum Wagen zu tragen. Als er das exotische Automobil sah, kratzte er sich am Kopf, und sagte, so ein Ding habe er zum letztenmal während des letzten Krieges gesehen, und Holubek erklärte, er habe es erst heute bekommen, vor wenigen Stunden erst, als Geschenk sozusagen. Der alte Mann legte die Stirn in Runzeln, und ging wieder in seinen Laden hinein. Holubek verstaute den Einkauf im Kofferraum. Dabei entdeckte er seine Reisetasche. Er hatte doch überhaupt keine Reisetasche. Er war mit Monticasino quasi überstürzt aus der Villa geflohen. Wo kam der Kram nur her. Was heißt da Kram, es handelte sich um Kleidung bester Qualität, und Holubek sah sofort, daß sie ihm paßte. Wer konnte das vorbereitet haben, etwa schon während der Nacht!

Mit einem etwas unangenehmen Gefühl im Halse fuhr Holubek weiter, einigermaßen gemächlich über die

Landstraße, auf der nur wenig Verkehr vorhanden war. Allmählich wurde er mit dem schweren Wagen vertraut, schließlich war es nicht der erste Karren, den er bewegte, und riskierte auch schon einmal eine höhere Geschwindigkeit.

Die Sonne stand im Zenit, und Holubek wurde müde. Er wollte kein Risiko eingehen, schon gar nicht mit dem Horch, und suchte einen schattigen Waldweg seitwärts der Straße, um ein kleines Schläfchen zu halten. Er machte es sich auf dem Rücksitz bequem. Dabei entdeckte er in der Rückwand des Beifahrersitzes die Hausbar von Monticasino. Das Andenken des Mannes überkam ihn, und trotzdem nahm er einen kleinen Schluck aus der Cognacflasche, die sich in der ausklappbaren Halterung neben einer Whiskeyflasche und einer Likörflasche befand. Dann schlief er ein, und er schlief fest, wohl einige Stunden lang. Als er wieder erwachte, bemerkte er sofort, daß jemand sich an dem Auto zu schaffen gemacht hatte. Holubek untersuchte es rundherum, konnte aber nichts Auffälliges feststellen. Nichts fehlte, außer der kleinen Tasche aus dem Hoteltresor.

Im Augenblick sorgte das Holubek wenig. Er hatte nicht nachgeschaut, was sich in der Tasche befinden mochte. Etwas von Bedeutung mußte es schon sein, denn der Hoteldirektor hatte bei der Übergabe bedeutende Blicke um sich geworfen, aber nicht sich zu einem Kommentar herbeifinden können. Auch wenn sie jetzt geklaut worden war, konnte Holubek doch nicht ermessen, von welcher Art Bedeutung, und für wen, das Behältnis war. Das würde sich in absehbarer Zeit zeigen, denn immerhin war der Besitzer, zusammen mit seinem Börsenmakler, erschossen worden. Eine solche Tat würde nicht in der Öffentlichkeit keine Spuren hinterlassen können (na ja, wer weiß, man hat schon Legionäre vor der Kirche kotzen sehen). Außerdem, der Tag ging zu Ende, ein Tag, der bereits am frühen Morgen schon Holubek, unsern Held, von dem niemand etwas wissen will, und der vorübergehend nur auffällig ist, weil er sich in einem auffälligen Automobil durch die anwesende Gegend bewegt, in eine Lage versetzt hatte, die ihm nur zu gut bekannt war. Er war aus allen Zusammenhängen herausgerutscht, in welchen selbst ein Desperado, Outlaw oder Geächteter sich noch befindet. Das Einzige, das ihn weiterhin mit dem Leben der Glücklichen und Behausten verband, war dieses verrückte Automobil, das er bald hinter sich zu lassen gedachte. Und dann würde er noch weniger materiell greifbar sein als ein Nachtgespenst; denn auch diese Spezies, wenn sie durch die Zimmer und Träume des Volkskörpers schwebt, hinterläßt noch gewisse Spuren.

Also raffte er sich auf, und fuhr weiter auf der Landstraße, an welcher sich, was er als angenehm empfand, weder auf der einen noch der anderen Seite, zu viele Häuser, Hütten und Gehöfte befanden. Dann kam er doch in eine Kleinstadt, und nutzte die Gelegenheit, um an einer Tankstelle, die sich gleich am Anfang der Hauptstraße befand, Benzin zu tanken. Der Tankwart, nicht weniger als Holubek selbst, staunten nicht schlecht, wieviel der Wagen schluckte. Offenbar war irgendwo an dem Ding ein Zusatztank eingebaut worden. Holubek zahlte mit dem Geld aus dem Handschuhfach, und fragte den Tankwart nach einem Hotel, und der gab die Auskunft, das erste Haus am Platze befinde sich direkt am Marktplatz, und fügte hinzu: „Allerdings haben die keine Garage, in welches dieser Karch passen würde. Versuchen Sie es lieber am Ausgang des geliebten Städtchens, das sehr viel von sich, wenig vom Rest der Welt hält. Ich weiß, wovon ich spreche. Ich bin Usbeke. Also, fahren Sie einfach durch die Konglomeration hindurch, und am anderen Ende finden sie ein

Gasthaus, indem auch unsereins mal ein Bier trinken kann." So sprach der Tankwart, und verabschiedete sich mit einer leichten Verbeugung, und einem Lächeln, das nicht im Lande geboren war (in diesäm, unsärm: ist das nicht herzig).

Der Weg durch das Städtchen war kurz, und richtig fand Holubek am anderen Ende ein Gasthaus am Wege, in dem es offensichtlich lärmend zuging. Es führte eine steile Treppe zum Eingang hinauf. Holubek trat in die Gaststube, in welcher es hoch herging, und suchte nach einer Person, welcher er hätte sein Anliegen vortragen können. Zwei Kellnerinnen servierten unter dem Gejohle der Menge Speisen und Getränke. Aber wo war der Wirt? Eine Person mit entsprechender Funktion konnte Holubek in dem großen, rauchgeschwängerten Gastraum nicht entdecken. Auch hinter der Schanktheke nicht, wo gewöhnlich eine Person mit Hausautorität zu finden ist. Schließlich fragte Holubek einen der Zecher nach dem Wirt, und dieser, als ob er darauf gewartet hätte, antwortete, der schlafe wohl seinen Rausch aus, im Hinterzimmer. Und wo das sei, wollte Holubek wissen. Der Zecher gab ihm einen Fingerzeig, in eine nicht näher bestimmbare Richtung, jedenfalls hatte er nicht auf den Ausgang gewiesen.

Holubek brauchte nun nicht mehr lange zu suchen. Zuerst entdeckte er ein Hinweisschild, das besagte, die Toiletten seien im Hof. Also mußte es einen Hinterausgang geben, und nicht weit davon ein Hinterzimmer. Das war nicht zu verfehlen, denn es verriet sich durch einen Lärm, der noch heftiger war als vorne, in der großen Gaststube. Irgend jemand schlug mit einer riesigen Faust auf einen Tisch. Holubek öffnete die Tür, und sah, daß der Wirt, ein ziemlicher Brocken, in aller Gemütlichkeit mit ein paar Kumpanen Karten spielte; nämlich Schafkopf. Zwar bemerkten die Kartenspieler

Holubek, kümmerten sich aber nicht im geringsten um seinen Eintritt, noch dessen Versuch, ganz in das Zimmer hinein, und zu dem Tisch der Spieler hinzutreten. So blieb Holubek nichts anderes übrig, als eine Stuhl herbeizuschieben, und sich zu den Kartenspielern zu setzen. Nach einer Weile wandte sich der große Brocken, der offensichtlich der Wirt war, um, und sagte, aus dem Mundwinkel heraus, und mit drohendem Blick: „Kiebitze werden in der Vogelpfanne gebraten." - Holubek räusperte sich, und sagte bescheiden: „Mein Herr, ich bin kein Kiebitz, ich will nur eine Garage, und ein Zimmer zum Schlafen; und vorher vielleicht etwas essen und trinken, wenn das möglich wäre. Oder ist das hier zu viel verlangt?"

Der Wirt brach in Gelächter aus, daß der ganze Kerl wackelte. „Ein Schlaumeier", brüllte er, „mit Bildungsgesäusel, und Händen, die noch nie das Leben gesehen haben. Womit will der denn zupacken, oder am Ende auch etwas bewegen. Glaubst du vielleicht, Hämpfele, daß du hier ins Bett kommst, bevor du nicht richtig zugelangt hast." Schon wollte der Wirt sich wieder seinem Kartenspiel zuwenden, als er einhielt, anfing, neugierig zu werden, und sich für die halbe Portion zu interessieren begann, die sich ungefragt an den Tisch der Spieler gesetzt hatte. Und sprach: „Eine Garage willst du auch noch. Da lachen die Karpfen im Teich. Was willst du denn in eine Garage stellen? Vielleicht eine goldene Karosse?" - Holubek merkte, daß der Wind sich zu drehen begann, und antwortete: „Sowas ähnliches." - „Und was soll das sein?" - „Ein Horch", meinte Holubek. Und zu dessen Verblüffung kam die Antwort: „Wenn es nichts weiter ist." Der Wirt legte seine Karten verdeckt auf den Tisch, sagte zu seinen Kumpanen, er werde gleich wieder kommen, und betonte mit einer gewissen jovialen Drohung, er vertraue ihnen mittlerweile, er merke es ja doch, wenn sie mal nachschauen würden. Dann forderte er Holubek mit einer Handbewegung, mit der man Divisionen hätte bewegen können, auf, ihm zu folgen.

Holubek ging, dem Wirt voraus, durch die Gaststube zum Eingang hinaus, die Treppe herunter, und trat auf den Vorplatz des Gasthauses. Der Wirt folgte behend. Leicht bewegte er seinen fülligen Körper, und sofort wurde klar, was der Grund war. Als er das schreiend auffällige Automobil sah, brach Jubel aus ihm raus. „Donnerwetter!" - Er ging um das Wunderwerk herum, schaute hinein, und schließlich setzte er sich hinein. Aus der Tür, die er offen gelassen hatte, sprach er beseligt zu Holubek: „Na, du hereingeschneites Hämpfele, der ist doch viel zu groß für dich. Also, verkaufst du ihn mir?" Holubek wollte die günstige Gelegenheit nicht verpassen, tat aber entsetzt, und hob abwehrend die Hände. „Um nichts in der Welt", sagte er mit Entschlossenheit, die er weiß Gott woher an den Tag legte, vielmehr an den Abend, denn es war jetzt dunkel geworden. Darauf der Wirt, nicht faul: „Aber um alles Geld in der Welt würdest du es schon tun, mein Augenstern." - Holubek spielte den Desinteressierten, und sagte: „Alles Geld der Welt, wieviel ist das wohl?"- „Nun", antwortete der Wirt, „nicht gleich alles, aber doch eine ganze Menge."- Holubek beherrschte die Kunst des Schacherns nicht, war aber entschlossen, so viel als möglich einzustreichen, um den exotischen Klotz am Bein bald los zu werden. Mit seiner Reisetasche (es war ihm immer noch nicht klar, wer sie ihm gepackt hatte), einem Lied auf den Lippen und mit der Verzweiflung des Mutes würde er sich ungehemmter weiter bewegen können. Schließlich war es an der Zeit, in die nächste Stadt zu gelangen, bescheiden zu hausen, und–das vor allem–völlig unauffällig zu leben, so daß niemand an seinem Vorhandensein Anstoß nehmen könnte, und er seiner Wege gehen, ohne daß jemand dies oder das sähe; und das alles ganz ohne Tarnkappe.

Er zupfte den Wirt am Ärmel, und sagte geheimnistuerisch: „Wir werden uns schon einig werden. Und am besten tun wir das in der Wirtsstube." So gingen die beiden wieder die steile Treppe hinauf, und in das Hinterzimmer, wo die zurückgebliebenen Kartenspieler schon ungeduldig auf ihrem Hosenboden herumrutschten. Der Wirt hatte an der Theke irgend einen Gast gegriffen, und setzte diesen nun an den Spieltisch. „Du machst weiter für mich", sagte er, ohne Widerrede zu dulden, „und wenn du gewinnst, kannst du den Zaster behalten." - Er ging mit Holubek zurück in die Gaststube, setzte sich mit Holubek an den Wirtstisch, rief eine Kellnerin herbei, die, der Gelegenheit entsprechend, drall in einem falschen Dirndl steckte, das eher in Singapur oder Hongkong hergestellt worden war als, als in Heimarbeit, und bestellte „was Anständiges". Du bist auch ein Schlaumeier, dachte Holubek, du willst mir den Magen vollstopfen, und das Hirn mit Bier abfüllen, damit ich nicht merke, wie du versuchst, mich hereinzulegen. Also kratzte er seine ganze vernunftgegründete Energie zusammen, und sagte, als verstünde er etwas von Geschäften, zum Wirt: „Kommen wir zur Sache. Wie lautet die Summe." - Er trank in einem Zug den Schnaps aus, den die Kellnerin zusammen mit einem gut gezapften Bier gebracht hatte. Der Wirt suchte Holubek zu verwirren, indem er all seine, in langem Leben erworbene Bauern-und Wirtsschläue in seinem Gesicht erscheinen ließ, vergoldet mit der Erfahrung des Roßtäuschers. Fast wäre Holubek diesem Charme erlegen. Er mußte sich einen gewaltigen, inneren Ruck geben, seinen Angsthasen vertreiben, und dabei noch das Gesicht eines altgedienten Hausierers aufsetzen.

„Du sagst an", sagte er zum Wirt. Der nannte eine Summe, die so hoch war, daß Holubek nahe daran war, vor Schreck bleich zu werden und sich zu verraten. Also riß er sich noch einmal zusammen, und sagte: „Es hätte auch etwas mehr werden können. Aber ich will mal nicht so sein. Du hast Glück gehabt. Heute ist mein innerer Schweinehund schon schlafen gegangen. Einverstanden. Wir machen einen Kaufvertrag, und die Sache ist geritzt. Einfach so, auf ein Stück Papier, mit der Unterschrift von zwei Zeugen. Alles klar. Ohne ein Geschwätz. Einverstanden?"

Schließlich machte der Wirt das, was er ohnehin beschlossen hatte. Er einigte sich mit Holubek. Im Kaufvertrag wurde festgehalten, daß die vereinbarte Summe auf ein Konto zu überweisen war, das der Käufer demnächst einrichten würde, in der Stadt Taufrottach, wohin Holubek sich nächstens begeben würde. Dann wurde der Abschluß des Geschäftes gehörig gefeiert. Holubek übergab den Schlüssel und die Wagenpapiere (ein Doppel des Schlüssels behielt er bei sich, und sagte natürlich keinen Mucks). Der Wirt strahlte über seine Erwerbung, und ließ reichlich Essen auffahren. So kam für Holubek, der von dem glücklichen Verkauf etwas benebelt war, die nächste Bewährungsprobe. Ein wenig essen, das schon, aber Vorsicht bei den Schnäpsen, die so ganz nebenbei von der falsch verdirndelten Kellnerin, und das in rascher Folge, neben die Biergläser gestellt wurden.

Holubek gelang es, die Gläser geschickt zu verschieben, was um so leichter war, als der Wirt einige Kumpane an den Tisch geholt hatte, um von seinem Erfolg zu berichten. Strahlend. So kam Holubek einigermaßen ungeschoren davon, was nicht heißt, daß er sich nicht einige Stunden später mühsam in das obere Stockwerk schleppte, wo ihm eine Schlafkammer angewiesen worden war. Am nächsten Morgen, als der Wirt seinen Rausch recht und schlecht ausgeschlafen hatte, und Holubek ein kräftiges Frühstück genommen, bot dieser seinem flüchtigen Gast an, ihn zum nächsten Bahnhof zu bringen, denn der war weit weg, nur durch einen beträchtlichen Fußmarsch zu erreichen, oder auf einem von Kühen gezogen Wagen, und das von Dorf zu Dorf. Holubek bedankte sich, und der Wirt freute sich über die Gelegenheit, seine neu erworbene Prachtkutsche der gesamten Gegend vorzuführen. Also wurde auch diese Fahrt nicht zur Raserei. Am späten Nachmittag kam man an dem wenig frequentierten Bahnhof an. Holubek löste eine Fahrkarte nach der erwähnten Stadt Taufrottach (was konnte dieser Name schon versprechen), verabschiedete sich unter Getöse von dem glücklichen Wirt, kaufte am Bahnhofskiosk eine Zeitung, bestieg den Bummelzug, der ihn zur nächsten Station (hoffentlich wird`s nicht die zwölfte) bringen sollte, und installierte sich in einem Abteil erster Klasse, zufrieden wie ein Schneekönig.

Zunächst döste er vor sich hin, blinzelte in den späten Nachmittag, und schlief endlich ein. Erst nach Einbruch der Nacht erwachte er wieder. Der Bummelzug fuhr jetzt durch eine etwas belebtere Gegend. Beleuchtete Dörfer und Städtchen waren an der Strecke zu sehen. Die Stadt konnte nicht mehr weit sein. Um sich die verbleibende Zeit zu vertreiben, schlug Holubek die Zeitung auf, und durchflog aufs Geratewohl die Seiten. Beim Wirtschaftsteil blieb er hängen, da ihm ein Name in die Augen gesprungen war, der in einer kurzen Notiz auftauchte. Sie lautete: „Wie aus London gemeldet wird, hat die Globalfruitinvest sämtliche Anteile der Monticasino-Gruppe übernommen, die bisher als absolut unverkäuflich galten, und von ihrem Eigentümer, Alberto Monticasino, in den letzten Jahren zu enormen Wertsteigerungen geführt worden waren. Über die Hintergründe des Verkaufes ist nichts bekannt. Die Aktien der Globalfruitinvest sind heute morgen um 3,5 Punkte gestiegen." Natürlich–wie die Natur nun einmal ist–, war von dem Vorfall im Hotel keine Rede.

Holubek stieß ein schreckliches Lachen aus. Ha, sagte er sich, über die Hintergründe ist nichts bekannt. Ich habe sie gesehen, diese Hintergründe! Und andere haben sie auch gesehen. Und die Polizei war auch da, ganz persönlich. Und die Blutlache war so groß, daß niemand sie hätte übersehen können, auch mit dem besten Willen nicht. Das kann nur heißen, sagte sich weiterhin Holubek, daß das, was eine Menge Leute gesehen hatten, Polizei eingeschlossen, durch ein Mirakel aus der Welt geschafft worden war, in Luft aufgelöst, in Nichts verwandelt. So etwas konnte nur von der GHK ins Werk gesetzt werden, jenem Verein, von welchem in letzter Zeit oft gemunkelt wurde. Diese Große Heilige Koalition, so ging das Gemunkel, bestand aus Pfaffen, die mit verdrehten Augen Blicke zum Himmel sandten, und einer ansehnlichen Schar von lebenstüchtigen Herren, die vor ihren schäbigen Illusionen knieten, und dem großen Geld, dem internationalen Finanzkapital, das sehr viel größer war als der große Alberto Monticasino, von dem sachkundigen Ramón erst gar nicht zu sprechen, hingebungsvoll, und auf ganz natürliche Weise, auf die Sprünge halfen. Und die Schönheit der Welt verbesserten.

Holubek war entsetzt, und sah den kommenden Tagen mit Bangen entgegen. Wenn so etwas dem mächtigen Monticasino geschehen war, dann mußte sich der im Grunde schon nicht mehr vorhandene Holubek noch unsichtbarer machen, um nicht, vielleicht nur aus Versehen, von irgendwelchen Ordnungskräften umgerempelt zu werden.

10.

Spät kam Holubek in Taufrottach an. Allerdings,
wenn er, aus einem Zug, Omnibus oder sonstigem
Gefährt steigend, an einem Ort ankam, von dem er
gleich wußte (aber gab es etwas anderes), daß hier
anständige Leute wohnten, konnte von Ankunft keine
Rede sein; weder der Hl. Geist, noch der Polizeipräsi-
dent, noch die nächstbeste Brünette würden das Wort in
den Mund genommen haben. Auch unser Holubek, der
seine Pappenheimer, die Tag-und Nachtdiebe kannte,
neigte selten dazu, etwas zu lobpreisen, dem sowohl das
Wort als auch die Realität fehlten. Nichtsdestoweniger
stand er nun auf dem leeren Perron Nr. 39 des Haupt-
bahnhofes von Taufrottach, also dort, wo die Bummel-
züge aus der entferntesten Provinz, westlich gelegen,
ankamen. Und da es den Hauptbahnhof gab, mußte die
Stadt auch von irgend einer Bedeutung sein. Er hatte
von ihr schon einmal gehört, aber keine besonderen
Perspektiven mit ihr verbunden. Er würde sehen, was
der Ort zu bieten hatte, zu offenbaren in der Lage war,
und an Lebenszusammenhängen hervorzubringen.
   Indem es bereits auf Mitternacht zu ging (ach, das war
es wieder, ging und ging), war nicht die Stunde gekommen, des langen und breiten nach Herberge zu suchen.
Er suchte das nächstbeste Hotel in Bahnhofsnähe auf,
und fragte, nachdem er gesehen hatte, daß sich in der
Halle Handlungsreisende und Provinzler einen Schlum-
mertrunk erlaubten, nach einem Zimmer für zwei oder
drei Tage, und bekam eines, das nicht auf die Straße

hinausging, dafür aber, wie er am nächsten Morgen feststellen mußte, den Nachteil hatte, mit den Emanationen des Küchenventilators in Korrespondenz zu stehen, sobald das Fenster geöffnet wurde; wie aber sollte jemand bei geschlossenem Fenster leben können; und gar noch schlafen.

Holubek brachte seine Reisetasche in einem kleinen Schrank unter, der recht selbstmörderisch aussah, so wie alle Schränke in den kleinen Hotels, einstmals aus Sperrholz mit zweifelhaftem Buchenfurnier, dann mehr und mehr in Richtung Plastik ausgebildet. Aber solche Kleinigkeiten konnten Holubek schon lange nicht mehr erschüttern. Sonst würde er nicht einen Tag überlebt haben können, der damit begonnen hatte, daß er eine Straße überquerte, oder an einem Schaufenster vorbeikam, in welchem Umstandskleider und Kinderwagen zur Schau gestellt wurden.

So ging er, fast unbeschwerte, noch einen kleinen Nachtbummel am neuen Orte zu machen, aus dem Hotel hinaus, und suchte stracks nach dem Bahnhofrestaurant, wo es gewiß zur späten Stunde auch noch etwas zu essen gab. Der Hauptgrund jedoch war der, daß in solchen Etablissements, je weiter die Stunde vorrückte, die bewegendsten Geschichten zu sehen waren. Nicht die üblichen interessanten Gestalten, Kauze und Käuzinnen, die Schlaflosen oder auch die Reisenden, die ihren Anschlußzug verpaßt hatten, auch nicht die Schwerstmelancholiker, die zwischen der Abwägung ihrer Depressionen und den Möglichkeiten des Selbstmordes hin und her schwankten, über dessen Verlauf sie komplizierte Berechnungen anstellten, nein, Holubek interessierte etwas anderes; mit abgefeimter Leidenschaft beobachtete er, wie die Natur am Werke war, ihre Spielchen trieb, und rücksichtslos auf ihr Ziel zu steuerte. Kurzum, er betrachtete den ebenso banalen wie

fatalen Vorgang, daß Paare sich fanden, und Paare sich
auseinandertrieben. Gott, so dachte bei sich Holubek,
wenn er dem Wirken der Natur zusah, wird sich bei der
Erschaffung der Welt auch seinen Teil gedacht haben,
und an irgend etwas seine Freude finden. Und so war es
auch in dieser Nacht (ja ja, es war, und es war, und wie
lange wird es noch sein), allerdings völlig glanzlos und
ohne Dramatik. So wandte er sich dem Bahnhofsessen
zu, über dessen Herstellung ein Gast sich besser keine
Vorstellungen macht, und trank drei Bier, um noch
etwas für die Überreste der Zecherei mit dem Wirt zu
tun, bei der es doch recht heftig zugegangen war. Dann
trödelte er noch eine Weile so vor sich hin, in der
Gegend um den Bahnhof herum, und ging zurück ins
Hotel, um einen langen Schlaf zu tun.

Wie groß war sein Erstaunen, als er am nächsten Morgen erwachte, früher, als er sich vorgenommen hatte,
nicht wegen der Gerüche, die der Küchenventilator
verteilte, nicht wegen irgend eines nervösen Hin- und
Herrennens, wie es die Hotelgäste glauben aufführen zu
müssen, nein, es war etwas ganz anderes, das Holubek
aus dem Schlaf geworfen hatte, ihm in die Ohren stach,
und mit einem Geräusch verbunden war, das–die Physi-
ker mögen es bestreiten–sich wie ein schmieriger Film
über den ganzen Körper legte, in die Atemwege eindrang, und der Luft jede Daseinsberechtigung absprach,
sei diese frisch oder gebraucht.

Das einzige Hilfsmittel, das Holubek, im Augenblick,
zur Verfügung stand, war, eine Dusche zu nehmen.
Damit konnte der Schweiß abgewaschen werden, den
ihm diese Stadt zur Begrüßung geschickt hatte. Die inn-
wendige Verschmutzung war damit noch nicht aus der
Welt geschafft. Nichts desto weniger zog er sich sorg-
fältig an, ging zum Frühstück hinunter in den Frühstücksraum, um sich zu restaurieren; und sich auf den

Tag vorzubereiten. Er hatte so eine Ahnung, als ob heute noch allerhand angereicht werden würde.

Von dem Kellner, der nach Kaffee oder Tee fragte, wollte er wissen, was der Lärm zu bedeuten habe, der sich mit wachsender Begeisterung über die Stadt legte, und auch schon, wie eine kleine Nebelschwade, ins Parterre des Hotels eindrang. Fast beleidigt, und ein wenig entsetzt, fragte der Kellner zurück: „Ja wissen sie denn das nicht! Heute findet unser wichtigstes Ereignis statt. Die Große Prozession, die ein gütiges Schicksal uns gesandt hat. Na ja, der Himmel hatte wohl auch seine Hand im Spiel, glaube ich, und die Stadtverwaltung hilft kräftig mit, das Ereignis für uns Bürger so angenehm zu gestalten, wie das im zerbrechlichen Menschenleben wohl möglich ist."- Und worum handele es sich tatsächlich bei diesem Großereignis? - „Ach nee, haben sie denn immer noch nicht verstanden?"- „Nein", antwortete Holubek, „das klingt mir ja geradezu wie Großkampftag."- „Oh nein!", sagte der Kellner entsetzt, „es handelt sich um einen großen und heiligen Tag. Es ist ein Gnadentag. Und insofern, um Ihre Formulierung aufzunehmen, könnte man tatsächlich von einem Groß-Gnaden-Tag sprechen."- „Was", wollte Holubek wissen, „heißt das denn praktisch?"- „Oh", sprach der Kellner, „das ist ganz einfach. An diesem Tag bringen wir zum Ausdruck, wie glücklich wir sind. So einfach ist das. Verstehen sie?"- „Ich", sagte Holubek, „bin erst gestern, und aus einiger Entfernung, in diese Stadt gekommen, und weiß nichts von ihren weltlichen und geistigen Gebräuchen."- Der Kellner aber wollte aus dem Staunen nicht herauskommen, und sagte: „Aber die ganze Welt weiß es. Also müßten auch sie es wissen. Zum wenigsten einmal davon gehört haben."- Von was denn, wollte Holubek wissen. Der Kellner schüttelte bedenklich den Kopf, holte tief Luft, und gab das Geheimnis preis: „Es findet heute, am Tag der Hl. Agatha, die Agathen-Prozession statt. Viele ausländische Diplomaten und Gesangskünstler reisen zum dem Ereignis an. Selbst der Hl. Stuhl entsendet, nahezu jedes Jahr, einen Nuntius."

So viel war Holubek klar geworden, hier wurde ein Weltereignis angepriesen, von dem die Welt, und sei sie noch so dumm und verstockt, noch nie etwas gehört hatte. Über solche Zusammenhänge konnte er im Moment jedoch nicht sinnieren, denn es meldete sich ein tägliches Ereignis an, er mußte zu Stuhle gehen, und sagte zum Kellner: „Wirklich, das klingt sehr interessant. Entschuldigen sie mich für ein Momenterl, bin gleich wieder zurück, um mehr zu erfahren."- „Ich werde inzwischen nach den anderen Gästen sehen", sagte der Kellner, und Holubek entschwand.

Als er zurückkam, stand der Kellner unter der Eingangstüre, und lugte auf die Straße hinaus. Der Lärm, der mit dieser Prozession verbunden war, hatte inzwischen zugenommen, und das Gesicht des Kellners begann, sich zu verklären. Hier, dachte bei sich Holubek, sind doch gewiß höhere Mächte am Werk. Er begab sich wieder zu seinem Frühstücksplatz, belegte noch eine Semmel mit einer Käsescheibe (man soll, bei Gefahr des Lebens, niemals nachfragen, woher die Hotelführung solche Magenverkleber bezieht), und bestellte ein Gläschen Portwein. Als der Kellner es auf einem Tablett anbrachte, fragte er den Gast: „Nun, hören sie? Es wird immer besser, die Musik schöner, und die Atmosphäre dichter. Die ganze Stadt ist auf den Beinen. Ich kann leider nicht dabei sein. Das eben ist das Schicksal der Werktätigen, die ihren Pflichten nachgehen. Aber im nächsten Jahr, da wird alles anders sein. Im nächsten Jahr wird ein Kollege den Dienst versehen, und dann werde ich am Abend gesegnet nach Hause zurückkommen, und meine Arbeit mit noch größerer Freude machen können." In Voraussicht kommenden Glücks verklärte sich das Gesicht des Kellners abermals. Holubek verstand immer noch Bahnhof, sah sich aber genötigt, aus Höflichkeit eine weitere Frage zu stellen. „Nun sagen sie mal", sagte er zum Kellner, „die ganze Stadt nimmt an dieser Prozession teil? An einem gewöhnlichen Werktag? Und wer macht dann die Arbeit?"- „Sie haben immer noch nicht verstanden", antwortete der Kellner, und ließ von seinem Strahlen nicht ab, „die Agathen-Prozession ist die Prozession der Werktätigen, eine Prozession zu Ehren eben der Werktätigen, zu Ehren der Arbeit, und zum Lobe der Mächte, die sie uns schenken, jeden Tag, ohne Unterlaß, in himmlischer und irdischer Harmonie."- „Komisch", antwortete Holubek, „das alles sagt mir nichts. Überhaupt nichts. Man hat auch sonst in unserem Land noch nie davon gehört."- „Das", sagte der Kellner betroffen, „das kann nicht sein."

Holubek kümmerte diese Aussage wenig. Oft genug hatte er gesehen, wie jemand, ein anständiger Mensch, davon kann man ausgehen, in der Scheiße, die heftig um ihn herum schwappte, stand, und sich dabei auf den Glaubenssatz stützte, dergleichen könne nicht sein. Bitte sehr, dachte in solchen Fällen bei sich Holubek, die Welt muß einen zureichenden Grund haben, damit sie sei, was ihr zugedacht ist (nicht einmal die Philosophen fragen danach, wer oder was das sei; oder etwa so ein Es, halt ebbes, wie der Schwabe sagt). Daß mit dieser Religion aber noch lange nicht das Ende der Fahnenstange erreicht war, sollte nun Holubek, indem er sich vom Frühstückstisch erhob, umgehend selber erfahren, indem er die Stadt nun bei Tageslicht betrat, von der er bislang nur ein Hotel und den Bahnhof bei Nacht gesehen hatte.

Kaum war er aus er Türe getreten, schlug ihm der Lärm ins Gesicht, der, wie der Kellner erläutert hatte, von der Agathen-Prozession ausging, oder ihr vielmehr eigen war, heuristisch gesehen, wenn er den Kellner richtig verstanden hatte. Jedenfalls hatte der mit seiner Darstellung insoweit recht, als Holubek nun, aus eignem Triebe oder nicht, feststellen konnte, daß die ganze Stadt auf den Beinen war, von den ältesten Greisen bis zu den jüngsten Erdenbürgern, die im Bauch ihrer Mütter zu dem Großereignis geschleppt wurden. Die ganze Stadt schien hier in Bewegung zu sein, Menschen, Tiere und Fahrzeuge gleichermaßen, ja fast hätte man sagen können, auch die Häuser, öffentlichen Plätzen und Verwaltungsgebäude versuchten, wenn auch vergeblich, ihren immobilen Wesenszügen zu entkommen, um an dem großen, weltbewegenden Ereignis teilhaben zu können. Jedermann war in bester Laune, alle Teilnehmer zusammen waren hemmungslos bestrebt, dadurch die ganze Sonne selbst zu überstrahlen, durch die bebenden Gefühle und hochschlagenden Herzen. Eine große Menge, die in sich selber versammelt ist, erzeugt unweigerlich einen solchen Zustand. Holubek indessen war nicht feierlich zumute. Es fiel ihm auf, daß alle durcheinanderrannten, ohne sich zu stoßen oder gar anzurempeln, wie das bei riesigen Fischschwärmen der Fall ist. Niemand berührte den anderen. Den Holubek jedoch streiften sie bei jeder passenden Gelegenheit, und oft blieb es dabei nicht, man stieß ihn an, stieß ihn herum, trat ihm auf die Füße. Erst beschwerte sich Holubek bei den Remplern, dann brüllte er diesen oder jenen an, schließlich wehrte er sich, oder schlug gar mit den Fäusten um sich. Aber keine Seele und kein Mensch reagierte darauf.

Was sollte das für ein Weltereignis sein, wenn der Heringsschwarm sich nur in sich, und um sich selber drehte, und keiner und keine für den anderen, die andere irgend ein Interesse zeigte. Denn die Schwarmgeister, die sich zur Agathen-Prozession vereinigt hatten, trampelten sich zwar gegenseitig nicht auf die Füße, waren aber darauf aus, sich nicht nahe zu kommen, was, wenn man sich in der selben, großen Brühe befindet, einigermaßen schwierig zu realisieren sein dürfte. Und dennoch war es so, und Holubek wunderte sich sehr. Wo war er nur hin geraten. So heftig die Schwärme sich bewegten, es war ganz klar, daß das, was er bislang gesehen hatte, nur ein Randereignis der Gesamtprozession sein konnte. Und in diesem Augenblick wurde Holubek mulmig. Es war ihm nicht nur nicht feierlich zumute, während eine ganze Stadt in bester Prozessionslaune sich befand, er spürte, daß–jedenfalls für ihn–Gefahr im Verzug war. Sollte er, wie er es sonst hielt, der Sache auf den Grund gehen, müßte er sich mitten ins Getümmel werfen, sich fortreißen lassen, den Drehungen und Wendungen der Schwärme folgen, und das hieß praktisch, ganz schlicht und einfach, sein Leben, oder das, was davon übrig geblieben war, aufs Spiel zu setzen, ein Spiel, dessen Ausgang nicht zweifelhaft war, da nach Regeln gespielt wurde, die der Schwarmprozession selber zwar wurschtegal waren, aber gewiß keine Klausel hatten, die etwa besagte, man könne bei Gelegenheit einmal ein Bier trinken, und sich über das Wetter unterhalten, oder auch darüber, ob einer lieber auf Felsen stieg, oder ein anderer lieber die Füße in einen plätschernden Bach stellte, unter einem Erlenbaum.

Also beschloß Holubek, ins Hotel zurückzugehen, sein geringes Reisegepäck zu holen, zum nahen Bahnhof zu gehen, und mit dem nächsten Zug weiter zu fahren, in eine andere Stadt, oder bis zur nächsten Grenze, um bei den Zöllnern anzufragen, ob ein Übertritt möglich sei, ins Nachbarland; oder doch wenigstens eine Durchreise. Aber–geneigter Leser, du weißt es schon lange–es war zu spät, viel zu spät, schon lange zu spät. Gerade wollte sich Holubek aus dem Gewühl herauswinden, da wurde er von zwei Dirndlfräulein, die wohl aus der Provinz zum Großereignis angereist waren, entschieden untergehakt, heftig mit Busserln bedacht, und in die Innenstadt geschleppt, wo, wie aus dem zunehmenden Lärm zu schließen war, der schon anfing, in den Ohren weh zu tun (den Dirnderln offensichtlich nicht, die heftig strahlten und rote Bäckchen hatten), das Herz der Agathen-Prozession schlug. So ein Herzschlag ist immer bedenklich. Oder.

Holubek wurde, sowohl von den dirndeligen Fräuleins, als auch von der sich ständig verwirbelnden Masse, nach der Innenstadt hin weggezogen, in Wirklichkeit eingesogen. Und je näher man dem Zentrum kam, um so dichter wurde die Masse, die ganz aus dem Häuschen quoll (recte: aus dem sie nie herauskam), jubilierende Gesichter aufwies, und doch seltsam stumm war. Bei all der Aufgeregtheit hätte man doch, wenn schon nicht Freudenschreie, so doch freudige Rufe erwartet, einen der Situation angepaßten Frohsinn. Nichts dergleichen. Es war eher ein Stöhnen und Ächzen, das sich der prozessionswütigen Menge entrang. Seltsam war auch, daß die Gesichter zwar strahlten, rote und hochrote Backen und Bäckchen zu registrieren waren, aber auch die Tatsache, daß die Augen der Entzückten, Verzückten und Beglückten, die von einer höheren Geistigkeit erfüllt waren, ganz unscharf aussahen, der Augapfel grau und glasig, die Iris selber völlig verschwommen. Als Holubek durch den Malstrom, in welchen er durch das freundliche Lächeln der beiden Jungfrauen (man hätte schwören können, daß es sich um echte Jungfrauen handelte, denn sie rochen zwar frisch gewaschen, und ein wenig, wegen der vielen Aufregungen des Tages, nach Achselschweiß, hatten aber noch nicht jene spezifische Ausdünstung, die sich erst ergibt, wenn sich die Mädels einen jungen Mann erworben haben) hineingeschoben worden war, einigen der Prozessionisten nahe kam, an sie herangeknallt wurde, und Gelegenheit hatte, in ihre Gesichter zu blicken, sah er, woher der eigenartige Effekt kam. Die Augen waren maskiert. Der Physiologe wird es bestreiten, aber so ein Fachmann wird auch nie in die Verlegenheit kommen, die Eigenart unter den Bedingungen des wirklichen Lebensprozesses unter die Lupe zu nehmen. So müssen wir uns mit dem zufrieden geben, was Holubek sah. Diese Augen waren tatsächlich maskiert, in welcher Technik, das konnte er bei dem Gedränge nicht eruieren. Ob es sich um eine Folie handelte, oder um ein bemaltes Glas, das wie eine Linse auf den Augapfel aufgelegt war, es war im Augenblick nicht zu entscheiden. Um so heftiger war die Wirkung auf Holubek selber. Er glaubte sich in einem Haufen von Zombies, die eine Neigung dazu hatten, sich in Morast zu verwandeln, der durch die ganze Stadt schwappte,

Endlich war Holubek in der Innenstadt angekommen, halb geschwemmt und halb geschoben, und konnte sich nun etwas freier bewegen. Die morastige Menge hielt einen gehörigen Abstand von der Prozession selber. Diese war von einem Luftkissen auf beiden Seiten umfangen. So konnte auch niemand spontan in die Prozession hineinlaufen, oder aus ihr heraustreten, um eine Pause zu machen, an einem Brunnen ein paar Schluck Wasser nehmen, oder sich erschöpft auf eine Bank setzen, um sich den Schweiß von der Stirne zu wischen. Zuerst verstand Holubek diesen Aggregatzustand nicht, doch nach einiger Betrachtung der beiden Elemente, der Prozession selber, und der immer formloser werdenden Menge, verstand er den Sinn der Sache. Die Prozession war die Quintessenz der sie bewundernden Bevölkerung. Aufläufe jeder Art, Fußballmassen und ein begeistertes Publikum, das einem beliebten Politiker, bekannt aus Funk und Fernsehen, zujubelte, all das hatte Holubek in endlosen Varianten auf Dörfern, in mittleren und großen Städten schon zu Genüge gesehen. Auch Fronleichnahm-und Flurprozesionen. Aber diese Prozession, die jetzt durch den Stadtkern von Taufrottach zog, nein, bei der Hl. Jungfrau von Hinterderdingen, so was hatte er noch nie gesehen.

Alle bekannten Elemente waren sichtlich vorhanden, der Stadtpfarrer, oder war es am Ende gar ein Weihbischof, welcher die Monstranz trug, unter dem Baldachin, der von auserlesenen Honoratioren getragen wurde, die Kapläne, die heftig die Weihrauchfässer schwangen, die großen und kleinen Meßdiener in frisch gebügelten Chorhemden, die diversen Vereine mit ihren Fahnen, dahinter wieder verdiente Bürger, Männer und Frauen von großer Würde, und am Ende dann die restliche Bevölkerung soweit sie eine Zulassung für die Teilnahme an dem Ereignis erhalten hatte. Bei Prozessionen kann nicht jeder Hergelaufene mitmachen.

Gleich hinter dem Baldachin marschierte der Verschönerungsverein, der Blumen, Sträucher und Reinigungsgeräte mit sich führte. Ein Verein also, der zu einer anständigen Prozession eigentlich nicht gehörte. Überdies waren die Frauen und Mädchen, die hier marschierten, ohne jedes männliche Personal, auf die merkwürdigste Art gekleidet; oder vielmehr nicht. Holubek wollte seinen eigenen Augen nicht trauen, als er bemerkte, daß diese Personen nur wenig, mit etwas Unterwäsche, oder überhaupt nicht bekleidet waren. Die Hülle, die ihnen von der Natur geschenkt worden war, umhüllten sie mit weiteren Accessoires aus dem Bereich von Mutter Natur. Blumen, Blättern und kleinen Zweigen, die sie weiß Gott wie an ihrem Körper hatten befestigen oder aufkleben können, oder anheften, oder sonstwas. Sie bewegten sich äußerst züchtig, mit niedergeschlagenen Blicken, und geizten doch mit ihrer Natürlichkeit nicht, ganz ohne dabei ein besonderes Aufhebens zu machen.

Holubek war irritiert. Wie konnte es dieser Prozession, die keineswegs aus dem Rahmen fiel, gelingen, frivol und doch, gleichzeitig, weihrauchgeschwängert und gottgefällig zu sein. Was steckte denn dahinter. Welche Mächte, von denen er noch nie gehört hatte, waren am Werk (wobei Werk wie Elektrizitätswerk klingt), wer führte Regie, wer brachte seine Sesterzen ins Trockene. Rätsel über Rätsel. Und da ihm die bildliche Erscheinung keine Antwort geben wollte, blieb ihm nichts anderes übrig, als den weiteren Verlauf des Umzuges zu betrachten, um den Knochen zu finden, den, weiß Gott wer, einmal vergraben hatte. Und da gab es wirklich genug zu sehen.

Auf den Verschönerungsverein folgte der Putzverein. Das waren junge Männer in Trainingsanzügen (es waren die blauen, die noch aus besseren Zeiten stammten, die aus dickem Stoff, einfarbig), die bereits in ihren besten Jungmännertagen die dicken Bäuche, prall und spitz vorspringend, ihrer Väter angelegt hatten. Die Figuranten, manche noch Jünglinge, manche frisch angeheiratet, führten Putzlappen, Putzeimer und Schrubber mit sich, und Fahnen, auf welche man zuhause heftige Parolen gestickt hatte, etwa in der Art: Sauberkeit ist aller Schönheit Anfang...Auf sauberen Wegen ist gut sich bewegen...Ein sauberes Hemd ist uns nicht fremd... Ferne Länder haben schmutzige Ränder... Tote Kanaken sind leichter zu backen...usw. So belebend die Fahnen wehten, so niedergedrückt sahen die Jungmänner aus, und Holubek konnte sich auch auf diese Erscheinung keinen Reim machen. Da wurde er schon mit einer neuen bedacht. Er glaubte, einem Almauftrieb beizuwohnen, doch war als weitere Truppe in der Prozession nicht anderes zu sehen, als, wie er aus den mitgeführten Wimpeln entnehmen konnte, der Jungfrauenverein. Wie nicht anders zu erwarten, steckten die Fräuleins in luftdichter und rundum verschlossener Kleidung, allerdings, es gab da ein paar wesentliche Ausnahmen. Vorne oben waren Fensterchen, aus denen die Brustspitzen hervorlugten, hinten unten, durch Cellophanfensterchen, konnte man die etwas größeren und umfangreicheren Entsprechungen sehen, beide Elemente, hinten wie vorne, in ständiger Bewegung, so aber- und das schien unabdinglich mit dieser Prozession verbunden zu sein-, daß der heiligmäßige Charakter der Vorführung keineswegs beeinträchtigt war, nein, ganz im Gegenteil, er gewann nur noch, und um so mehr, an sakralem Impetus. So geriet also unser Held Holubek in noch tiefere Verwirrung.

Es konnte nur noch schlimmer werden. Der Ahnung folgte die Wirklichkeit auf dem Fuß. Er sah lauter alte Bekannte. Und wenn er nicht in der frommbegeisterten Menge eingekeilt gewesen wäre, auf der Stelle hätte er die Flucht ergriffen, die endgültige, aus der es keine Wiederkehr gibt. Es folgte in der Prozession eine unabsehlich lange Abteilung, die einen ohrenzerschmetternden Lärm erzeugte, mittels dreier Formen der Äußerung. Aus nahezu verschlossen Mündern, zwischen schmalen Lippen, fast so schmal wie ein Bindfaden, brach Kriegsgeschrei heraus, ein so heftiges, daß man damit ganze Armeegruppen hätte vertreiben können, und doch war es so, daß die Zuschauer, die am Rande der Prozession, auf den Bürgersteigen standen, davon nicht berührt wurden; nur der arme Holubek, dieser hier gänzlich überflüssige Spatz, der aus allen Nestern gefallen war, hörte das Geräusch, und so sehr er sich die Ohren zuhielt, er konnte ihn nicht aus dieser Welt hinausschaffen.

Der zweite Lärmerzeuger waren Nagelschuhe, mit welchen die Prozessiontruppe so hart auf den Boden schlug, wie ein einziger Block, daß die Funken nur so flogen. Und die dritte Lärmquelle–Du ahnst es schon, desocupado lector–waren diese häßlichen stählernen Wanderstöcke, die uns zu Beginn dieses Textes schon einmal erschienen sind. Mit einem Unterschied allerdings. Die Stöcke, die bei dieser Prozession verwendet wurden, waren enorm lang und viel zu dick für gewöhnliche Wanderstöcke, doppelt so lang als der Benutzer selber, und doppelt so dick wie der Stil einer Handgranate. Diese Abteilung war mehr als dreihundert Meter lang, Holubek aber wollte es scheinen, sie reiche from here to eternity. Damit der Eigenarten nicht genug. Konnte man die Wandersleute, die Holubek vor einigen Wochen am Bahnhof begegnet waren, noch als überkandidelte Naturliebhaber erachten, die schon mal ein Eichhörnchen an eine Buche nagelten oder ein Baby, das sie vorbeifahrenden Zigeunern gestohlen hatten, in einen Brunnen warfen, und wer weiß was noch; diese Truppe, die offensichtlich das Rückgrat der Prozession bildete, war sehr viel gefährlicher. Holubek hätte schwören können, daß sie aus Toten bestand, nicht aus Zombies etwa, oder auch Wassergeistern, sondern aus wirklichen Toten, die putzmunter durch Taufrottach marschierten. Einige von diesen ewig Gestrigen schafften es sogar, nicht nur einen Stahlstock, sondern obendrein noch eine Fahne zu schwingen. Darauf waren keine Parolen gestickt, sondern Photos von Leichenhaufen gedruckt.

Hier geht es ja zu wie auf einer Touristenbörse. Für jeden etwas, dachte Holubek, der jetzt ein wenig Bewegungsfreiheit erhalten hatte, da die gesamte Menge der Zuschauer zu beiden Seiten der Prozession, die sich langsam mitten auf der Straße dahinwälzte (unter den Füßen war ein Strich zu sehen, der auf die Straße aufgetragen war, wie die Markierungen auf Parkplätzen, und auf dieser Linie entlang bewegte sich die Schaustellung), sich ein wenig aufgelockert hatte. Es wurde sogar da und dort ein Wort ausgetauscht, oder ein Lächeln, für kurze Zeit, auf einem Gesicht gezeigt. Was würde nun kommen? Der Sinn der Sache mußte sich doch endlich offenbaren. Es offenbarte sich nichts. Statt dessen rückte die nächste Abteilung der Prozession heran. Das war der Musikverein. Die Männer und jungen Frauen trugen auf dem Rücken, mit den typisch wippenden Antennen, Feldtelephone älterer Bauart, eher schweres Gerät, und auf der Brust waren ihnen Lautsprecher angeschnallt, die wohl die Hörer ersetzen sollten. Aus diesen Lautsprechern erklang Marschmusik, mit schwerem Dschingdarassasa. Aber es gab auch böhmische Weisen, und volkstümliche Weisen, wie sie gerade in der Hitparade volksbündlerischer Sendungen zu hören waren. Sollte ich, fragte sich Holubek, den Sinn der Sache nun verstehen? Musik wurde ins Volk getragen, sollte aber auch, im Genuß, eine Last sein; daher das schwere Gerät. Und diese Musik sollte in perfekter Form erschallen, in einheitlicher Gestalt, mit unverwechselbarem Klang, in einem ganz eigenen Stil. Dazu brauchte man keine Musikinstrumente, keine Noten, und vor allem nicht, pfui, den weichen Klang eines guten Blasorchesters, der aus vielen Klarinetten kommt, wenn sie italienisch geblasen werden. In diesem Musikverein hatte der Fortschritt sich seine Bahn gebrochen. Was wollte man mehr, nur Holubek hatte immer noch das Problem, dem Sinn der Sache auf den Grund zu kommen. Vielleicht war er einfach fehl am Platz, oder es

115

mangelte ihm an der tümelnden Einordnung. Und was wartete nun auf ihn? Es war keineswegs ein Wunder, das jetzt, in einem endlos langen Zug, der aus der Tiefe der Vorgeschichte in die Gegenwart hineinkroch, und dieser nun seine Aufwartung machte. Also, was war's?

Es war der Mütterverein. Wie nicht anders zu erwarten, schoben sie, die Schatten der Trinität hienieden, auf dieser schmutzigen Erde, Kinderwagen vor sich her. Aber nicht nur vor sich, nein, bei Gott dem Wahren, den der Bischof von Fulda erst kürzlich in einer achtlos weggeworfenen Waschmaschine gefunden, und sogleich auf dem Vorplatz seiner Kirche ausgestellt hatte, nein, nicht nur vorne, nicht nur vor sich her schoben sie Kinderwagen, sondern sie zogen sie auch hinter sich her, wurden aber durchaus von den nachfolgernden Fahrzeugen vorwärts geschoben, was auch in der Hinsicht, rein technisch gesehen, ganz einfach war, als der vordere Kinderwagen mit dem hinteren durch Gestänge rechts und links, die Mutti in der Mitte, verbunden war, und auf diese, durchaus sinnige, Weise eine Einheit bildete, so wie sie dem bewegenden Element in der Mitte der Konstruktion, auf natürliche Art eigen war. Und als Holubek diesen endlos langen Zug von Müttern und Kinderwagen (das was darinnen lag, konnte, da alle Gefährte mit leichten Tüchern bedeckt waren, einer Einsicht nicht unterzogen werden), aus denen keinerlei Geräusche hervordrangen, an sich vorbeiziehen sah, war er fast geneigt, zu sich sagen, na klar, jetzt verstehe ich den tieferen Sinn dieses Aufmarsches, und wollte sich schon umdrehen, und den Versuch machen, aus der Menge zu entschwinden, um zu seinem Hotel zurückzugehen, und ein kühles Bier mit einem Obstler zu nehmen, als aus der Ferne–der Umzug der Mütter war also doch noch lange nicht beendet–echte Marschmusik ertönte, die nicht aus krächzenden Lautsprechern kam,

116

aber doch wieder einen eigenen Dreh hatte. Holubeks Ohren konnte so leicht nicht übertölpelt und zugeleimt werden. Ganz deutlich hörte er, wie diese Marschmusik erzeugt wurde, durch das schwere Getrampel von Knobelbechern, sowie mittels Schnarrtrommeln, die sinnreich auf die Marschierenden verteilt waren, und natürlich durften die großen Trommeln nicht fehlen. Sie waren so groß, daß sie auf kleinen Wägelchen transportiert wurden, und von zwei Mann bedient wurden; der eine schlug auf dieser, der andere auf jener Seite. Die restlichen Männer—es handelte sich natürlich um den Veteranenverein, der viele kleine Kinder, männliche und weibliche, in der Mitte mit sich führte, um sie an die Zukunft zu gewöhnen—machten Lärm mit ihrem Kochgeschirr, indem sie mit dem zusammengelegten Feldbesteck (Messer, Gabel und Löffel übereinander gefaltet) darauf schlugen, aus der selben Feinfühligkeit heraus, mit welcher der Schuß aus einem Karabiner bricht. Vornweg lief ein Zweimetermann mit einem Taktstock, den er dermaßen außerhalb von Zeit und Rhythmus schwang, daß ein Dieselmotor darüber hätte verzweifeln können, so gefühllos war der Bursche. Zwischen den Abteilungen von je dreißig Mann lief ein Dickbauch mit Schellenbaum, und drosch fürchterlich auf ihn ein.

11.

Die Stadt war kurz davor, unter dem Lärm der Prozession zusammenzubrechen, die drückende, abgebrauchte Luft wollte in die Lungen eindringen, und sie zerdrücken, und der Gestank, der von der Prozession ausging, tat ein übriges, auch die total begeisterten Zuschauer in die bessere Welt zu transportieren, von der hier, in Taufrottach, offenbar die ganze Bevölkerung, insgesamt und vollständig, Gewehr bei Fuß und Frömmigkeit bei den Köpfen, zu träumen schien; falls man die geschilderten Vorgänge überhaupt mit Traum in Verbindung bringen kann, es wäre wohl besser, von Aspirationen zu sprechen, von verwackelten Sehnsüchten, und Zwängen aller Art, wie sie allenthalben von unserer Obrigkeit angeboten werden, und wieder aus der Brust der Betroffenen selber hervorquellen. Welch schöner Kreislauf.

Dann traf Holubek der nächste Schlag. Im tausendstel Bruchteil der Sekunde war das Spektakel vorbei, verschwunden, könnte man sagen, so, als hätte es die Agathen-Prozession nie gegeben, nie und nimmer, niemals auf dieser Welt (eine andere war ohnehin, trotz aller Aufregungen, nicht vorstellbar). Holubek fand sich allein auf dem Marktplatz, abgesehen von den Trupps der städtischen Reinigung, die sich mit den Überbleibseln der Prozession abkämpften, sie auf Karren luden und abtransportierten. Also hatte es das Ereignis doch gegeben, wirklich und tatsächlich, und all diese Abfälle– zertretene Blumen, verschneuzte Taschentücher, weggeworfene Gebetbücher etc.–würden unweigerlich auf dem städtischen Abfallhof landen, der damit unversehens zum Archiv der neueren Geschichte avancierte.

Holubek setzte sich auf eine Bank, die einen Brunnen umgab, aus dessen Mitte eine Säule im neugotischen Stil emporragte. Auf der Spitze der Säule war eine Stella Maris angebracht, die Erdkugel auf der Spitze, und auf der Kugel die Madonna mit dem Kind, die milde in die Stadt und auf den Erdkreis blickte. Das also, versuchte Holubek bei sich zu denken, war, wenn er es nur recht sah (es, und immer wieder es), die Auflösung aller Rätsel der Geschichte. Die Welt auf einer Nadelspitze. Nicht schlecht. Und wer wird der Engel sein.

Einige Omnibusse fuhren jetzt durch die Stadt, vollgestopft mit erschöpften Leuten. Das waren wohl jene Prozessionsteilnehmer, die von außerhalb angereist waren, und nun in ihre Städtchen und Dörfer (Taufrottach, auch wenn der Namen dagegen zu sprechen scheint, war eine große, ja eine sehr große Stadt, mit Autobahnring und mehreren Flughäfen) zurückkehrten, um von den Wunderdingen zu berichten, die sie erlebt hatten. Da konnte keine Weltmeisterschaft im Tischtennis mithalten. Auch hörte Holubek, wie jetzt einige Kleinflugzeuge über die Stadt hinwegflogen, meist kleine Maschinen, die, mutmaßte Holubek, prominente Besucher aus andren Städten, aus dem Ausland gar, enthielten. Der Abzug der Pilger indessen interessierte ihn nicht. Er war mit ganz anderen Dingen beschäftigt, mit den Kleinigkeiten, die ein wandernder Taugenichts und Tunichtgut, den es, im Grunde genommen, nicht gab, wenn dieser Grund Leute waren, die Prozessionen beiwohnten, die entsprechende Tageszeitung lasen, und ihren Pflichten nachgingen, zu erledigen hatte, damit also, den nächsten Tag zu überleben, das Problem der Auswanderung zu bedenken, und–das war nun das wichtigste–unauffällig inmitten seiner Mitmenschen zu leben, die ganz für sich selber der zureichende Grund waren; und somit für Holubek der, praktisch nicht vorhanden zu sein. Es kamen, einmal mehr, eine Menge gewöhnlicher Plagen auf unseren Helden zu.

Zunächst suchte er im Stadtzentrum nach einer Bank, die würdig nach höheren Prinzipien aussah, und fand sie auch bald. Inzwischen nahm die Stadt wieder ihren normalen Verlauf, so als sei gar nichts geschehen. Der Verkehr bewegte sich durch die Straßen, Leute liefen herum und Polizisten paßten auf, daß kein Mäuschen über die Stränge schlug. Es konnte also nichts mehr passieren, und Holubek, der wußte, wo der Hase lang lief und Barthel den Most holte, fügte sich adäquat in das Geschehen ein, ohne damit irgend ein Aufhebens zu machen. Nur nicht auffallen, auch beim Unauffälligsein. Er setzte ein Gesicht auf, das er bei seinen Mitmenschen abschaute, ging damit in die Bank, eröffnete ein Konto, und sandte die Daten sogleich an den Wirt, dem er den Horch verkauft hatte. Mit dem Kaufpreis, und dem Kleingeld, das er im Automobil des verblichenen Herrn Monticasino gefunden hatte, konnte er bequem leben, seinen Pelzhandel wieder einrichten, und vielleicht auch für längere Zeit in der Stadt verweilen, in welche ihn die Umstände des Lebens gespült hatten. Es war hier so gut wie anderswo. Mein Gott, was es nicht alles war.

Holubek war fest entschlossen (also bitte, was will man mehr), es mit dieser Stadt zu versuchen, wenngleich er sich auf den Namen Taufrottach keinen rechten Reim machen konnte, wie er auch über so manche Eigenart der Einwohner staunte, die äußeren, die sogleich ins Auge fielen, und die inneren, die zwischen Kette und Schuß ihrer Gewandungen herausdünsteten, ohne daß jemand davon Kenntnis nehmen würde. Holubek, weder auf den Kopf gefallen noch recht auf den Füßen

120

stehend, erkannte sofort seine Chance, als er sich über
das Phänomen klar geworden war. Wenn ich, sagte er
sich, mich kleide wie sie, die Taufrottacher, dann werden
sie ohne Umstände annehmen, ich würde die nämliche
inneren Werte ausstrahlen wie sie selber; und dann kann
ich bei ihnen untertauchen; ohne daß sie ihre dummen
Fragen stellten, oder meine Fingernägel untersuchen; ob
etwa noch Tagesreste sich darunter befänden, und ob sie
auch in die richtige Form geschnitten seien. Blieb die
Frage des Geruchs.

Geschmeidigen Fußes machte er sich auf, ein besseres
Geschäft am Platze aufzusuchen. Bei Schachtner
Moden, seit 1871 am Platze, wurde er recht freundlich
empfangen, und bestens beraten. Zunächst ging es
darum, sich einige jener scheußlichen Krawatten
zuzulegen, die in dieser Stadt unumgänglich waren, aus
falschem Seidenstoff, und in gedämpftem Pink grell
leuchtend. Holubeks Magen wollte sich schon heben, als
er gerade noch rechtzeitig geistige Maßnahmen ergriff,
und sich sagte, mein Lieber, wenn du hier eine Weile
verbleiben willst, mußt du alles hinabdrücken, was
hochsteigen will. Nimm´s einfach sportlich. Man soll
sich auch nicht von jedem hergelaufenen Gefühl in
peinliche Situationen bringen lassen. Also ließ er sich ein
halbes Dutzend Krawatten mit winzigsten Farbschat-
tierungen einpacken.

Das nächste Problem, fast noch größer als das der
Binder, waren die Herrenjacken. Es wurde lokal ein
gewisser Trachtenschnitt bevorzugt, der an die Sonn-
tagstracht der Großbauern im Salzkammergut erinnerte.
Und Holubek lächelte sein bestes Kommunikations-
lächeln, und ließ sich gleich drei Exemplare anpassen.
Bei Hosen gab es praktisch nur ein einziges Modell,
graues Tuch mit blaßblauen Seitenstreifen. Bei den
Hüten werde ich mir, sagte zu sich Holubek, doch eine

Extravaganz erlauben. Er wählte das landesübliche Modell des flotten Jägerhutes, aus tannengrünem Filz, duldete aber keine Eichelhäherfedern, sondern entschied sich für diverse, weich und weit wippende, Reiher–und Hahnenfedern.

„Hübsch", sagten die Verkäuferinnen, „wirklich sehr hübsch." Damit, glaubte er, hätte er gewonnen. Er zahlte bar, gab seine Adresse im Hotel an, und verließ mit einem gewissen Gefühl der Sicherheit das bessere Haus am Platze.

Die nächsten Tage verbrachte er damit, ein Häuschen mit Garten in einer Gegend der Stadt zu suchen, die nach gehobener Bedeutungslosigkeit aussah. Mit sauberen Straßen, und Kindern, die morgens mit einem Gesicht zur Schule gingen, als sei es der letzte Tag ihres Lebens. Denn das hatte er auf seinen Fahrten durch dieses, unser Land gelernt: waren die Kinder unglücklich, dann war das Land in Ordnung. Es konnte ihm nichts mehr passieren, die Säulen des Gemeinwesens würden keinen Rost ansetzen, die Männer ihrer Pflicht genügen, und die Frauen adrette Frisuren haben, und die Töchter wie Sünderinnen aussehen. Es dauerte nicht lange, und Holubek fand das für die Umstände passende Häuschen, mit einem kleinen Garten drumherum (ohne Garten ist auch ein bedeutungsloser Mensch verloren), und der üblichen Holzhütte für diverse Gerätschaften; und einer Bank hinterm Haus. Dazu ein Pfirsichbaum, für Mädchenträume im Vorgarten.

In wenigen Tagen konnte er einziehen, versicherte der Makler, und Holubek nutzte die Zeit, um die Behördengänge zu machen, die für seine neue Existenz erforderlich waren. Es gelang ihm ohne weiteres, sein Gewerbe als Händler von Rauchwaren wieder zu installieren. Es gebe, sagte der zuständige Beamte, wenig Konkurrenz, hier in der Stadt, auf diesem Gebiet, und wünschte Holubek viel Erfolg. Er schien zu meinen, was er sagte. Holubek lächelte.

Die Jahreszeit war auch günstig, und so richtete Holubek sein Büro, sein Geschäft im neuen Häuschen ein, das in der Seitenstraße einer Seitenstraße lag, und in einem Stadtteil, der offiziell Laimersdorf hieß, im Volksmund aber, wie er vielfach von seinen Nachbarn erfuhr, mit denen er sogleich in nachbarschaftliche Unterhaltungen eingetreten war, Puddingsnest genannt wurde; niemand konnte ihm diesen Namen erklären. Er fragte nicht weiter nach, da er seinen neuen Nachbarn nicht auf die Nerven fallen wollte. Er ließ eine Gartenbaufirma kommen, um den kleinen Garten um das Häuschen herum auf Vordermann zu bringen. An der Eingangstür zu seinem Anwesen ließ er ein nicht zu großes Schild anbringen, das sein Gewerbe benannte. Schließlich kaufte er noch ein Auto von der Art, wie es Abteilungsleiter und mittlere Beamte fahren.

Und dann lief alles glänzend. Holubek wurde ein beliebter Nachbar. Es kam sogar vor, daß Anwohner ihn grüßten. Selbst wenn er nicht wußte, von welcher Person die Freundlichkeit ausging, replizierte er sofort, und unter Aufbietung all dessen, was von einem Gegengruß erwartet werden konnte, sofern man sich nicht in entgegenliegenden Schützengräben, oder Provinzen und Dorfgemeinden, zwecks Verbringung des Lebens, aufhielt, oder einfach so geartet war, daß man auf der anderen Seite des Flusses wohnte. Manchmal ging Held Holubek sogar so weit, Nachbarn ins Gespräch zu ziehen, vorzüglich ältere Herren, denn mit solchen zu sprechen konnte nicht so einfach als hinterhältig oder unanständig ausgelegt werden. Deshalb erhielten Damen nur ein freundliches Lächeln, Fräulein gerade mal einen knappen Gruß, und Kinder nur die Reaktion, ihnen aus dem Weg zu gehen, denn deren Mütter lauerten nur darauf, daß ihnen etwas passierte, und wenn nichts passierte, überhaupt nichts, nichts und gar nichts, dann sorgten sie dafür, daß etwas passierte. Schließlich weiß man, wer man ist, und was sich schuldig. Unberechenbar dagegen waren die Fräulein. Entweder lauerten sie auf Ehekandidaten oder Vergewaltigung, und da sie nicht geneigt waren, einen wesentlichen Unterschied zwischen den beiden Elementen zu machen, war es besser, nicht in das Gehege ihres Seelenlebens zu kommen. Am schwierigsten war, im nachbarschaftlichen Umkreis, der Umgang mit den Kindern. Behandelte man sie wie Luft, galt man sofort, und gleich rundherum in allen Küchen und Schlafzimmern, als Wasserpolak oder stolzer Spanier. Einer Bande von tollenden Buben eine Tüte mit Fruchtbonbons zu schenken, würde umgehend das Anrücken der Jungfrau von Fatima und Andechs zur Folge gehabt haben. Holubek jedoch ließ sich das Leben durch das seiner Nachbarn nicht verdrießen, und hatte nach kurzer Zeit den Bogen heraus, wie er mit all den Nerven-und Darmverschlingungen der Umwelt am elegantesten zurechtkommen konnte. Das wesentliche Problem aber vermochte auch er nicht zu lösen, wie mit Vergehen, die weder er noch sonst jemand in die Welt gesetzt hatte, umzugehen war. Er würde einmal mit Gott darüber reden müssen, und ihn bei dieser Gelegenheit fragen, warum die Sonne schuld ist, wenn der Mond um die Erde kreist. So viel Religion, daß es auf solche Fragen eine Antwort gab, mußte schon sein. Wenn Schlagersänger und Politprominenz nichts zu sagen hatten, dann war das nicht anders zu erwarten. Aber er, der Chef aller Chefs, der mußte die Antwort haben.

Die Lösung aller Probleme wurde Holubek, nach einigen Monaten, auf unerwartete Weise zuteil. Seinen gehobenen Mittelklassewagen konnte er nicht auf seinem Grundstück abstellen. Das Eingangstor war viel zu klein, der Weg zum Haus zu eng, und der Geräteschuppen hätte sich auch nicht zu einer Garage umbauen lassen. Also mußte vor der Tür geparkt werden, wie's die andern ebenfalls taten. Regelmäßig ließ er den Wagen waschen, damit er ihn vorteilhaft, das heißt den Erwartungen der Umwelt entsprechend, am Straßenrand vor seinem Gartenzaun herumstehen lassen konnte, wenn er ihn nicht für seine geschäftlichen Tätigkeiten brauchte. Abends deckte er den Wagen sogar mit einer Plane ab, die er speziell für sein Modell hatte anfertigen lassen. Das hätte er besser sein lassen.

Zunächst gab es anerkennende Bemerkungen über diese Maßnahme der Sorgfalt und Vorsicht von Seiten der näheren und weiteren Umgebung. Zwar geschah es manchmal, daß ein vorbeifliegender Vogel–Amsel, Meise, Fink und Star, wer kann das schon sagen, bei der Geschwindigkeit, die von diesen Winzlingen erreicht werden kann–das Endprodukt seiner Speisen und Getränke auf die Plane fallen ließ, und Holubek die Spuren nicht auf der Stelle, und sofort für jedermann sichtbar beseitigte. Allerdings, das war nicht das Problem. Eines Tages kam sein Nachbar zur Linken, mit dem er den passenden Wortaustausch gepflogen hatte, und ihn sogar davon überzeugt, er lese genau die selbe Zeitung wie dieser, auf ihn zu, und hatte sein Gesicht schon so zurecht gerückt, daß nichts Gutes zu erwarten war. Warum, fragte er Holubek, dieser so großen Aufwand mit der Abdeckplane treibe, wo es doch nicht einen, nicht den geringsten Anlaß gebe, dem Wagen eine Vorzugsbehandlung zukommen zu lassen. Holubek verstand Bahnhof, und wollte wissen, was das Inadäquate seiner Handlung sei. Da wurde der Nachbar wütend, und sagte: „Na hören'se mal. Sie fahren ein Auto, das nicht hier in der Stadt, hier in Taufrottach,

125

hergestellt wurde. Können´se das denn mit ihrem Gewissen vereinbaren!"–„Ohne weiteres", antwortet Holubek.–„Und wie", wollte der Nachbar wissen, „können sie sich erlauben, mir eine solche Antwort zu geben. Sie sind ja...sie sind ja... sie sind ja geistesgestört." Er schnappte nach Luft. Holubek ahnte keinerlei Verbrechen, und sagte daher sehr ruhig: „Ich habe diesen Wagen, der in einem anderen Teil dieses unsres (umzräß) schönen Landes gebaut wurde, aus dem einfachen Grunde gekauft, weil hier, in unserer geliebten Stadt Taufrottach, keine Autos gebaut werden. Seit ewigen Zeiten."

„Das" brüllte der Nachbar, „kann jeder sagen. Ein jeder, der keine Ahnung davon hat, daß die Wirklichkeit in Wirklichkeit so ist, wie sie von einem Lumpen, wie sie einer sind, überhaupt nicht verstanden werden kann." Das erheiterte Holubek, und er sagte zu dem nachbarlichen Wesen, das nach den äußeren biologischen Kriterien durchaus als homo latrina erectus zu bezeichnen war (was Holubek, da er ein höflicher Mensch war, demselben nicht mitteilte), von jener klein–wie groß-städtischen Spezies, für die jedes abortivum zu jeder Zeit zu spät gekommen sein würde, er antworte also seinem Nachbarn: „Mein Herr, ich fange an, sie zu verstehen, dahingehend, daß ich, wäre ich nicht geistesgestört, sofort erkennen könnte, daß in Taufrottach nur solche Autos herumfahren, die dort nicht hergestellt werden, aber alle aus Taufrottach stammen, weil sie anderswo her überhaupt gar nicht kommen können. Denn was ist, das muß nicht sein, und was nicht ist, das sieht doch jeder ein. Richtig?!"- Ein haltloses Strahlen blühte aus dem Gesicht des Nachbarn heraus. Er begann, heftig zu atmen, lief rot an (die Farbe sagt nichts zur Sache), faßte sich ans Herz, und stammelte: „Ich glaube, ich muß mich bei ihnen entschuldigen. Sie haben, möchte ich sagen, mich doch verstanden, obgleich sie zunächst versuchten, renitent zu sein, und mich auf's Kreuz zu legen. Ich bin zwar nicht altgläubig, aber aufs Kreuz möchte ich doch nicht gelegt werden. Um so mehr bin ich erfreut, feststellen zu dürfen, daß sie mich nicht gründlich verstanden haben, sondern so umfassend, wie es mir in meinem ganzen Leben noch nie passiert ist. Darf ich sie für heute abend zum Essen einladen?"- „Gewiß", antwortete Holubek, „nachdem ich mein Tagesgeschäft erledigt habe, falls sie das erlauben."- „Aber mit dem größten Vergnügen."–„Also, um sieben Uhr, und bringense´ ne gute Flasche Wein mit. Das versteht sich doch von selbst. Man hat halt Lebensart. Wir haben was zu feiern." Damit verabschiedete er sich in größter Herzlichkeit, und winkte hinter dem Automobil her, mit welchem Holubek davonfuhr.

Holubek fuhr nicht nur davon, er fuhr weg. Er war sich ohne jeden Zweifel und andere Ausflüchte darüber im Klaren, alter Aufklärer, der er war, daß diese Unterhaltung der Anfang vom Ende war, und die Einladung zum Abendessen nur ein Vorwand, umfangreiche Sicherungsmaßnahmen einzuleiten. Gewiß würde der Nachbar sogleich überall blöd herumquatschen, das Gemeinwesen in Gefahr sehen, und den Vorschlag machen, unauffällig Reinigungsmaßnahmen zu organisieren. Das würde nicht auffallen. So könne es nicht weitergehen. (Es, was sonst; das ist doch ganz einfach).

12.

HOlubek fuhr weder zu seinem Büro, noch zu einem Termin, noch zu einer Behörde; er fuhr geradewegs aus der Stadt hinaus. Das war leichter gedacht, als getan. Sobald er sich der Stadtgrenze näherte, die weder durch Schilder angezeigt, noch durch Straßenmarkierungen bezeichnet war, ging es entweder in eine Sackgasse hinein, oder es waren Umleitungsschilder aufgestellt, die besagten, man möge eine andere Ausfallstraße benutzen.

Zunächst dachte sich Holubek nichts Böses, doch als er zum nächsten Umleitungsschild gelangt war, das ihm die nämliche Aufforderung entgegenhielt, begann er, mißtrauisch zu werden, und sah sich in der Art seiner Wahrnehmung bestätigt, als er vor dem nächsten Schild mit der gleichen Ermahnung halt machen mußte; außerdem wollte ihm scheinen, und das war kein schöner Schein, daß zwei Posten von der Volksmiliz ganz unauffällig, hinter einem Gebüsch, Wache schoben. Nun, sagte zu sich Holubek, wollen wir nicht ungerecht sein, uns adäquat verhalten, und nach einem vernünftigen Ausweg suchen. Schließlich habe ich es noch nicht mit allen Ausgängen der Stadt versucht. Und so kurvte er noch eine gute halbe Stunde an den Grenzen der Stadt herum, bis er zu dem Schluß kam, es ergehe ihm wie dem Hasen mit den zwei Igeln; Igel und Igeline, ganz einträchtig. Allerdings, fuhr er mit seinen Gedanken fort, so schnell werde ich nicht aufgeben. Was brauche ich das Auto, um meinen Ausgang aus Taufrottach zu schaffen. Ich bin auch, was mir niemand zutraut, unter anderem ganz gut zu Fuß.

Und so drehte er weiter seine Runden. Irgendwo, sagte er sich, wird es einen Ausgang geben, und außerdem, was für ein Interesse könnten die Bürger dieser Stadt an mir haben. Ich gehe, und lasse den Taufrottachern noch ein Geschenk zurück. Mein Auto können sie haben, mein Häuschen ebenfalls (denn was nützt eine Immobilie, wenn man Nachbarn hat), und, wenn es sein muß, mein Büro auch. Die Pelze sind glücklicherweise auswärts gelagert, und das Konto werde ich von draußen her auflösen.

Er ließ sein so anständiges Auto in einer Seitengasse stehen, und machte sich zu Fuß auf, um aus der Stadt herauszukommen. Da und dort war noch Volksmiliz zu sehen. Weil er jetzt aber nur noch ein gewöhnlicher Fußgänger war (möglicherweise ein Kandidat für die nächste Prozession), verlor sich das Interesse an ihm. Schließlich schaffte er es (lacht da jemand). Er kam an eine kleine Lücke in der Stadtgrenze, ein kleines Tor, das „Auslaß" genannt wurde. Dort standen zwei Nutten, die ihn in ihre Dienste ziehen wollten. Er salvierte sich, indem er jeder fünfzig Reichsmark gab. Sie glotzten ihn blöde und verwundert an, machten aber keine Anstalten, ihn am Weggang zu hindern. So ging Holubek aus Taufrottach hinaus, auf die Landstraße, und sagte sich, man wird sehen. Der Tag ging zur Neige, und es war für ihn völlig unklar, wo er in selbiger Nacht landen würde.

Die Sonne verschwand hinter dem Horizont (als ob irgend eine blöde Hügelkette, die Silhouette einer Stadt oder hochaufragende Wälder hätten in der Lage sein können, einen Horizont zu bilden), und unser Held schritt recht tüchtig aus. Sein Schuhwerk war gut, seine Verfassung ebenfalls. Als dann die Dunkelheit hereingebrochen war, hatte er bereits mehrere Kilometer hinter sich gebracht. In einer Parkbucht neben der Landstraße, auf der kein Motorrad oder Lastwagen stand, bemerkte er ein Gebilde, das ihm bekannt vorkam. Es war der Horch, den er dem Wirt verkauft hatte, und dieser saß auch ganz richtig drinnen, schlummernd und in seiner ganzen Leibesfülle hinter dem Lenkrad.

Holubek klopfte an die Scheibe, sofort erwachte der Wirt, sprang heraus, umarmte ihn, und sagte: „Ich habe gehört, du seiest in Schwierigkeiten. Los, komm, wir hauen ab." Holubek stieg ein, und sogleich fuhren sie los, bis sie die nächste Herberge erreicht hatten, weit nach Mitternacht. Der Wirt trommelte seinen Kollegen heraus, verlangte zwei Zimmer, und nötigte ihn, noch ein solides Nachtmahl auf den Tisch zu zaubern, mit hinreichend vielen Bouteillen, so daß recht eigentlich getafelt werden konnte.

Am nächsten Morgen, ehrlich gesagt, es war nach Mittag, baten sie den Kellner, den Frühstückstisch vor dem Haus anzurichten, damit man sich die vorbeiziehenden Leute und Transportmittel ansehen, und sich an den Tag gewöhnen konnte. Die Landstraße, wovon bei Nacht nichts zu bemerken gewesen war, entpuppte sich als Ameisenweg, der von Touristen benutzt wurde. In Scharen zogen sie auf ihrem Pilgerweg dahin, auf Fahrrädern, zu Fuß oder in Omnibussen. Einzelne Personen zogen Handwagen hinter sich her. Plötzlich war ein schrecklicher Lärm zu hören, Stahl und Nagelschuhe auf Kopfsteinpflaster, das die gesamte Länge der Dorfstraße ausmachte. Außer dem Gasthaus, vor dem der Wirt und Holubek kräftig frühstückten, waren in der Umgebung noch ein paar andere Häuser zu sehen. Auf dem Parkplatz gegenüber stand ein einziges Automobil. Es war der Adenauer, der zur Villa des ermordeten Monticasino gehörte. Der Chauffeur, hieß er nicht Fritzchen, lehnte in seiner üblichen Haltung an der Karosserie, bei der Fahrertür, jederzeit bereit, den Schlag für die Herrschaften zu öffnen.

Die Wanderer mit ihren Stahlstöcken rückten von der Dorfstraße her an, ein Geräusch verursachend, das dem Rasseln der Fahrketten früher Panzergeräte aus dem Ersten Weltkrieg ähnelte. Sie bogen von der Straße ab, und umringten den Adenauer. Aus dem Peloton der Wanderer löste sich eine Figur heraus, die Holubek noch nie im Zusammenhang mit dem Adenauer gesehen hatte. Es war eine Dame von mächtiger Gestalt, umfaßt von einem Wanderkostüm, stark tailliert über den weiten Hüften, aus schwerem, genopptem Wollstoff. Fritzchen der Fahrer riß die Tür des Adenauer auf. Die Dame stieg, als sei das ihr Automobil, ein, und als sie den Kopf schon im Wageninnern hatte, der umfangreiche Hintern aber noch draußen war, ließ sie einen gewaltigen Furz, der die ganze Wandrerschar erstarren ließ. Der Wirt aber, der zusammen mit Holubek frühstückte, lachte laut. Jetzt aber ereignete sich etwas, womit selbst ein tüchtiger Wirt nicht rechnen konnte. Der Furz, nachdem er seine größte Reichweite erlangt hatte, kehrte effizient wie ein Bumerang wieder zur Dame zurück, indem er dabei den etwas zu schmächtigen Holubek erfaßte, und mit sich zog, auf die Dame zu, und in ihren inneren Leib hinein; wer weiß durch welche Pforte.

Das war, wie zu erwarten, Holubeks Ende, wie es auch das Ende dieser Geschichte ist; so weit sie überliefert wurde; und noch heute in unserer Gegend herum erzählt wird.

...lesen Sie auch die folgenden Seiten...

Vorschau

Weitere Werke von Peter Fischer

demnächst bei **Tredition**

Chapeau Claque

Neue Gedichte in Versen

Teils falschen, teils traurigen Inhalts

Mit einem Zwischenspiel
von Archangelo Nestfink
und letzten Worten vom Einstellschlitten

Gesammelte Theater-Stücke

Apfelböck

Ein Spiel in der Kammer

Blutwurst und Alpenglühen

Eine politische Komödie
Nach Aristophanes, Die Ritter

Turandoct

Eine chinesische Nachtigall

Der Erzherzog

Ein Familienspiel

Fausdrey/ Trio Fausto/ Fausse Tri

Eine Hommage

Ubu Imperator

Eine herrschaftliche Farce

Ein Herr im Hause
oder
Der doppelte Amphitryon

Eine Palast-Komödie

Carmen und Holofernes

Eine Tragik-Komödie in zwei Personen
Mit Kriegshandlungen

☙☙☙

Schattenkonstruktion

Sechs andalusische Hunde

Erzählungen

In der Angsthaube

Kleine Gedichte in Prosa

*Mit kürzeren und längeren Geschichten
aus letzter Zeit*

Zeitfracht Medien GmbH
Ferdinand-Jühlke-Straße 7
99095 Erfurt, Deutschland
produktsicherheit@kolibri360.de